樹林舎叢書

零の命

元零戦搭乗員　原田要の一世紀

森　零

人間社

表紙絵：森 零『斜陽』

はじめに

２０１６年5月3日、１９１６年生まれの元零戦搭乗員が旅立った。人類が科学技術によって目覚ましい進歩を遂げた１００年間を生き抜いた頑丈な命。その五感を通して、原田要（かなめ）氏の最後の言葉に従い、真実の歴史を伝えることをここに誓う。

目次

第1章　生きる

「俺はまだ生きている」

胸と喉が焼けるように痛かった。カアカアと音を立て引き千切られるような苦しみに、再び気が遠くなりそうだった。

自分が生きていることはわかっている。目を開けてみたが暗いので見えていないのかと反射的に何度も目をつむり開ける。土が顔のすぐ近くにあり、ガラスの破片がぼんやり光っている。操縦席が逆さになり、半分土にめり込んでいる。とにかく胸が痛い。息ができない。銃弾でぶっ千切られた燃料管が墜落の衝撃で燃料を撒き散らし、操縦席の中で気化している。

このままでは死ぬ。

座席は逆さになっている。固定バンドを手で探り、右手だけで外し、どさりと地面に落ちた。血液が左腕に開いた鶏の卵ほどの穴から噴き出している。血と泥に滑って思うように体の向きが変えられない。墜落中に左肩に巻いたはずのゴムの止血帯は外れていた。気化した燃料が強烈にただよう中でもヘモグロビンの匂いは感じられた。動かない左腕はドクドクと脈打ち指先まで痙攣している。

体をよじって地面と潰れた風防のほんの少しの隙間から外の空気を吸い込んだ。うまかった。

空気がこれほどうまいと思ったことはない。地面すれすれの空気を吸いまくった。右手が機械のように動いた。潰れた風防と地面の隙間を掘る。幸いなことに地表はヤシの腐葉土で軟らかく、片手でも掘ることができた。5本の指の爪が全部剥がれてしまったが痛みは感じない。左腕の貫通したでかい穴の痛みもまるで感じない。

無心に掘った。

顔が完全に外に出た時、ヤシの葉をすり抜けて斜めに突き刺す午後の強烈な太陽が網膜を焼いた。そしてさらに「生きたい」と感じた。

横転した零戦の操縦席と地面の間からなんとか外に這い出す時に、飛行帽がガラスの破片でズタズタになった。ようやく全身が外に出た安堵感も束の間、次の瞬間には左腕の穴を中心とした千切れるような痛みが全身を襲った。実際に腕が千切れてくれないものかとのたうち回り、頭を地面にぶつけたりしたがまるで治まらない。痛みとどれくらい格闘したかはわからない。まだ生きていると感じた直後の激痛。しまいにはこの狂うほどの痛みを感じることができるのも、生きているからなんだと自分に言い聞かせていた。そして同時に左腕が吹き飛ばされず貫通銃創ですんでいるのは、グラマンから発射された直弾ではなく、エンジンを弾が掠めた際の破片だったからだと判断していた。もしも弾が直接当たっていれば、左腕は砕け飛んでいたに違いない。痛みの他にもうひとつ強く感じることがあった。

「水が飲みたい」

気化した燃料で焼けただれた喉と肺がカラカラになっている。はっきりそう感じた時にはその場に倒れ結局意識を失っていた。

どれくらいの時間が過ぎたのかはわからないが再び正気を取り戻した。喉から絞り出る叫びは声にならず、引き裂かれるような激痛と喉の乾きは、取り戻した意識を再び遠ざけようとする。目の前がぐにゃぐにゃに歪んで全身に力が入らない。激痛と凄まじい眠気であくびが連続する。

ここでまた気を失ったら終わりだ。

私にはそれがわかっていた。焼き切れそうな喉がすでに狂うほどに水を求めていたので「これをなんとか押さえれば、水があればなんとかなる、水を見つけるまでは眠るな」と意識に言い聞かせた。

視界にはヤシの木が茂るジャングルと、翼が折れてひっくり返った零戦、水らしきものはどこにもない。足が立たないので這いずりながら少し高くなった場所に移動した。喉と肺が渇きって、口からは聞いたことがない音が漏れ出していた。少し先の方に小さな窪みが見えたので夢中で這っていくと、それは真っ黒な泥の水溜まりだった。それを汚いと認識する間もなく、その泥の中に顔を突っ込んで飲んだ。

体全体が蘇るような感覚を覚え、生きる力がどんどん湧いてきた。虫のようなものが底にいたが、それもまるで気にならず、最後の一滴どころか底の泥まで飲み干した。胸はおろか体中に生命の源が染み渡った。その場に仰向けに倒れ、今度は意識的に目を閉じた。眠ってはいけないと暗示をかけ、死に水というのはこれのことか…と思い巡らした。

どれくらいたったかわからないがしばらく横になっていたと思う。再度痛みを押しのけて、あくびが連続で来たのでヤシの木に寄りかかって上半身を起こした。意識がはっきりして視力も戻ってくると、左腕の激痛がさらに加速した。首や脇の下のリンパ節が張り切っていたので右手でそれらを押したり揉んだりして少しでも痛みを和らげることに集中した。爪の痛みは、この時点でも殆どなかった。左腕を頭の上に掲げると幾分痛みが和らいだ気がしたので、ナンブ十四式拳銃の紐を外して左手首を頭の上に括りつけて固定した。その状態にするとやはり痛みが和らぐ。腕の自重が傷を刺激しているようだ。すぐにでも拳銃でヤシの実に穴を開けて飲みたいと思ったが敵のいる場所で、迂闊に銃声を轟かせることは避けたい。ナイフを使って開けようと試みたが、爪のない右手には力がまったく入らず上手くいかなかった。一旦ヤシの汁は諦めて暗くなる前に何とか辺りの状況を把握しなければと、墜落した愛機の所に戻った。

左翼を失い逆さまになってひしゃげている零戦は憐れだった。世界最強とも呼ばれた勇士の滅びゆく姿を、誰もいないジャングルで私だけに晒していた。

親友の弔いのように悲しかった。

零戦の前に座り込んで途方にくれると、色々な記憶が頭の中を駆け巡り始めた。しかし、それもどうでもよかった。悲しんだり思い出したりしても、今ここではそれが何も意味を成さない。何しろ今は食べる物を探すことに集中しようと辺りを見回した。

零戦がなぎ倒したヤシの木の実がゴロゴロと落ちている。さっきは諦めたが、これになんとか穴を開けて飲めば、しばらくは生きられるだろう。折れた枝を杖代わりに立ち上がってみた。どうにか3本足で立ち上がると、ゆっくりなら進むこともできた。歩けるというだけで希望が湧いた。久しぶりに地面を足の裏に感じたようで嬉しかった。

まずは現在地を確認するため、左手を頭に乗せたまま海の方に出ようと歩き始めた。

ガダルカナル島は暑くも寒くもなかったが、出血のせいだろうか、悪寒が全身に走り震えがくる。左腕の痛みで何度かクラクラして倒れそうになったが、休みながら1キロほど歩いたところに、なぎ倒されたヤシの木の間でうっすらと煙を上げている仲間の九七式艦上攻撃機が見えた。

ヤシの木に巻きつくように折れ曲がった九七式の傍らに、私と同じような体格の搭乗員が顔を血で真っ赤に染めてフラフラとしている。

「ああ、生きていたんだ」

撃墜されてジャングルでひとり。どうすればよいのかと途方に暮れて彷徨っている時に、味方が血だらけでも生きていた。一瞬痛みも忘れ、これで何とかなるという気持ちが高ぶるのを覚えた。

彼は近づいた私に気づき、ヒョロヒョロと向かってきた。

私も彼の方に歩いた。お互いに顔が血まみれで、近づくまで誰かわからない。10メートルくらい近づいた時に目を凝らすと、恵比寿顔の佐藤寿雄君ということがわかった。彼は空母《隼鷹(じゅんよう)》から飛び立った1機の搭乗員で、私たち戦闘機隊が守りきれずに、ここに不時着したようだ。幸いに機体が爆発しなかったのは、ヤシの木がクッションのような役割をしたからだろう。彼もまた運に恵まれた男だ。

私も、泥だらけの上に血だらけだったので、佐藤君もこちらが誰かわからず、相当近づいてからぽってりとした唇が動いた。

「おお、原田君じゃないか」と驚き、喜んでくれた。ふたりとも先ほどまで空中で勇ましく飛んでいたことが嘘のようにボロボロで、さぞかし弱々しい笑顔だったことだろう。

これで生き延びられるという確信はなかったし、ふたりきりで何かができるというわけではない。しかし私は、こんな状況下でも目尻の上がらない佐藤君の表情に大きな安堵を感じていた。この時に佐藤君が何を感じていたかはわからない。あの激痛の中で、心に流れた一瞬の感覚は何だったのだろうと今でも考えることがある。

佐藤君は私を折れ曲がった九七式艦攻の方に誘い、ヤシの木に巻きついている所を指差して「一番後席に乗っている若い偵察員の足が取れなくて困っている」と言った。

飛行機に近づくと、頭を撃たれて戦死した機長の久野中尉が中間席で伏している。飛行帽は吹き飛び、顔が誰かわからないほど欠損して、噴き出した大量の血がどす黒く固まっていた。機体は折れ曲がり、後部座席の丸山忠雄偵察員は、太ももを挟まれてしまい、そこから抜け出すことができない状態になっていた。顔は博多人形のように白かったが、意識ははっきりしているらしく苦しそうに呻いていた。

佐藤君が「どうしても抜けないんだよ」と、丸山君の肩を担いで引っ張り出そうとするのだが、びくともしない。若い丸山君は、歯を食い縛って絶叫しそうになるのを堪えていた。私は左手が使えず、右手も全部の爪が剥がれた状態なので、まったく力が入らない。丸山君の顔がどんどん蒼ざめていくが、私も佐藤君も気ばかり焦って救助できそうにない。

辺りを見渡すと木立の向こうに小さな集落らしきものが見えたので、人を呼びにいってみたがもぬけの殻で誰もいない。ロープを拝借してきて何とかならないものかと、もどかしく作業をしていると、やがて丸山君がぐったりとしてきた。私はヤシの実に爪のない右手を使って何とか穴を開け、丸山君に中の汁を飲ませながら、ただただ「頑張れ！　助かるぞ！」と励まし続けるのがやっとだった。

すると、丸山君は真っ赤に充血した眼を開けて佐藤君を呼んだ。そして、息のような声で「母に髪と爪を持って帰ってください」と言った。その途端にガックリと首を垂れて息を引き取った。墜落しても生きていたのに、足が挟まって痛み苦しんで、若い命が今、目の前で絶えた。私も佐藤君も悔しくて堪らなかった。佐藤君は、地面に膝をつき、黒い土を握りしめていた。私も丸山君の残念な死に黙祷を捧げ、動くことができなかった。

しばらくすると佐藤君は、ヤシの実の汁と草で丁寧に汚れた手を洗い、丸山君の爪と髪を取り、紙に包んで胸のポケットにしまった。

私たちは、丸山君の死体を無理に引きずり出すことは諦めて、そのままにすることにした。

この時には日も暮れてきたので操縦席で死んでいた久野中尉を降ろして、丸山君の近くに埋め、辺りの草花をふたりの仏に捧げ、佐藤君と「今夜はここで仲間たちのお通夜をしよう」と飛行機の傍らで一夜を過ごすことにした。

腹が減って仕方なかったせいか、石の上にいたヤモリだかトカゲだかわからない爬虫類を、獲った瞬間に口に入れていた。味は覚えてはいない。佐藤君がヤシの実にどんどん穴を開けてくれたので喉と胃袋は充分に満たされた。

薄黒い夕焼けが、生温かい風で揺れるヤシの葉を不気味に照らしている。柳の幽霊とは一味違う、西洋の魔物の体毛のように見えた。

流れる雲と、その隙間から見え隠れする月を見て、佐藤君と色々な話をした。

今では、何の話をしていたのかを思い出せないが、何を話していてもすぐに海軍や飛行機の話になってしまったことは記憶している。ふたりとも青春のすべてを国と軍に捧げていたのだから無理もない。

月が真上に昇った頃には、涙が流れて止まらなかった。佐藤君も向こうを向いていたが泣いていたと思う。佐藤君にとっては機長も丸山君も家族同然の存在なのだ。私もミッドウェーで列機の長沢源造君を自分の勇み足で失った経験があるから、この時の佐藤君の悲しみはどれほどのものか推測できた。私は疲れ果てていたのに、腕の痛みと頭の混乱で寝付くことができなかった。爪を失った右手の指先が疼き始め全身が脈動で揺れる。私たちは、知らないジャングルの中で、ひしゃげた飛行機とふたりの仲間の死体と共に静かな夜を過ごした。

今でこそ思う。この時、佐藤君と出会っていなければガダルカナルのジャングルで力尽きていただろう。翌朝、南国の太陽の光と熱でサッパリと目が覚めた。ゆっくりと辺りを見回した。ガダルカナルで墜落したことも、丸山君の死も、すべて現実だった。機上では昨日より随分蒼くなった丸山君が穏やかに眠っていた。腕の痛みや空腹感は甚大だったが、白々と現実を照らす太陽を感じ、生きる活力が漲ってきた。佐藤君は私より先に起きて周りを歩き回っていたようだ。ヤシの木陰からやがて姿を見せた。

「おはよう。いい天気だね」

佐藤君の何気ないその言葉が嬉しかった。また朝が来たのだ。こうして生きているんだ。太陽が、光が、熱がある。その当たり前なことがこの上なくありがたく感じられ、太陽の存在がこれほど人を高揚させるのかと痛感した。

昨夜は月を見て、冷たい水底に突き落とされたような悲しい気持ちに包まれた。私は今でも月を見ると、とても悲しくなってしまう。そして、お日様を見ると、不思議なくらい元気になれる。

これは余談ではあるが、私たち飛行機乗りは昼間の戦闘において、常に太陽を味方につける。

太陽を背負ってしまえば、敵はこちらを視認することができないからだ。そして夜の戦いにおいては、敵に月を背負わせる。敵の輪郭が闇に浮かんでこちらから敵がよく見えるからだ。逆に月を背負ってしまった時の恐怖は只事ではない。もしかすると、そんなことも私の太陽や月への印象に影響しているのかもしれない。

私たちは、ヤシの実の汁でたっぷりと水分補給をして、これからどうするかを話し合った。佐藤君は墜落する時に、海岸がそれほど遠くないことを察知していたので、ひとまずその方角に歩き、海岸に出てみようということになった。私は愛機の始末をしようと考えたが、零戦はその時すでにアメリカが手中におさめており、調査研究が進んでいたことを知っていたので、今さらここで爆発音や煙を出して敵にこちらの生存を知らせるようなことはやめて、そのまま放置することにした。

私たちは機長の久野中尉と丸山偵察員に別れを告げ、折れ曲がった九七式艦攻に敬礼をして歩き出した。ふたりとも、ひとかけらの希望も持てない筈なのに落ち込みはしなかった。途中で比較的澄んだ水溜まりの水を飲んだり、トカゲを捕まえて食べたりしながら、やっと海岸に辿り着くと、日本では見たことがない海の青さと白く美しい砂浜に、束の間の安らぎを覚えた。5分ほどではあったが、海を見つめながら休憩をした。ふたりで黙って少し離れた場所に座り込んで、波の音を聴いただけだが、この短い時間はとても長く感じられた。子供の時に想像した天国は丁度こんな風景だった。そしてそれから何十年たっても、私は海に行くたびにこの時の天国のような風景と比較している。

あてもなく砂浜を歩いていくと、上陸用の舟艇が何艘も放置されていた。私も佐藤君も、それが日本の舟か敵の舟かが判別できず、一旦茂みに入り、様子を見てから再びゆっくりと接近した。舟艇の周りに人の気配はない。もし、これが敵の舟であれば、ここで私たちは死ぬことになる。しかし、食糧や役に立つ物を調達することが今は最優先だろうと判断し、恐る恐る近づいて一番端の舟の中に潜り込んだ。

ガランとした船内に、煙草が一箱落ちていた。その空箱を手にとって、よく見ると銘柄は誉（ほまれ）とある。これは間違いなく日本軍の物だ。私と佐藤君は見つめ合い喜んだ。お互いに久しぶりの笑顔だった。友軍がここから上陸したことが明確になった今、それほど遠くない距離に部隊がいるに違いない。舟の数からしても少数の先遣隊のような部隊が近くにいると感じた瞬間に、微かだった生還の希望は現実へと近づいた。煙草の他に、落雁のような菓子もあったので、私と佐藤君はそれを貪るように食べた。傷ついて飢えた体に甘さが染み渡り、目を開けていられないほど美味しかった。その時の、美味さで目が開けていられなくなり脳が痺れ陶酔してしまうような記憶は、70年以上たった今も舌や瞼の裏側が覚えていて鮮明に蘇る。私は煙草が好きだったのでその傍らにあった新品の誉の口を切り味わった。当時支給されていた煙草で、確かサザンクロスという銘柄をとても気に入っていたが、この時の誉の味も格別なものであった。

しばらくして友軍を探す為に私たちは、西の方に向かって歩いた。何故なら、舟の舳先がみな西を向いていたからである。近くにいるであろうと高をくくっていたが、夕暮れが迫っても見つけることができなかった。私たちは柔らかな草むらを寝床に決めて、そこで休むことにした。夕方まで疼いていた左腕の痛みは峠を越え少し穏やかになった。佐藤君は昨夜もまったく寝ていないせいか、すぐに寝息を立てていた。私は草の上にゴロリと寝転んで、数本目の誉に火を点けた。南国の生ぬるい風に紫煙を揺らしながら、覚悟を決めたガダルカナル出撃直前に上野駅の喫茶店で妻と過ごした2時間のことを思い出していた。南国の星空に妻、精(せい)の心配そうな顔が浮かび、目の奥で星が瞬いているように見えた。「また会いたいなぁ。息子を抱いてみたいなぁ」ほんの数日前の上野での時間が夢のように感じ、どうしても生きて帰りたいと願った。

その晩は、蚊が私を寝かせてくれず猛烈な痒みに苦戦しながら何十匹も蚊を潰したので、蚊に吸われた自分の血で右手が血だらけになっていた。蚊を叩くのにも疲れて意識が眠りの池に呑まれていった。

あくる朝、目を覚ますとすでに身支度を整えた佐藤君が「逆の方向に行ってみよう」と言ったので、私もそれがいいと思い、もう少し眠りたいという欲求を抑え東に向かってジャングルを突き進んだ。左腕の傷からは膿が流れ出して悪臭を放ち、それに引き寄せられた大きなハエが私の周りをブンブンと飛んでいた。時折、空腹と腕の痛みで意識が遠のきそうになると、佐藤君が肩を叩いたり声をかけたりしてくれた。このまま体力が消耗して死ぬのではないかという不安な気持ちが体をさらに重くしていく。幼い頃から山を歩くことには慣れていたが、この時は足がもつれて何度も転びそうになった。空を見上げるとヤシの葉の間から、南国の鮮やかな空が広がっている。時々、鳥の鳴き声が聞こえる他は、私たちの足音しかしない。戦争をしているという実感が薄れるどころか、一体自分は何をしているのだろうという気持ちになった。

視界が白く眩しいのは目の露出調整が効かなくなっていたのであろう。白い靄の中、かなりの距離を突き進んだ。残念ながら日本軍の手がかりらしきものはどこにもなく、この日もまた夕方まで、大量の蚊に食われながら歩き進んだ。

日の暮れる少し前に人の気配を感じたので、そちらを見ると前方の岩の上で機関銃を構えている兵隊が見えた。私と佐藤君はその人影を米兵と判断して茂みに隠れた。私たちのやることはただひとつ。突撃をして少しでも相手に痛手を与え自決すること。佐藤君も私も、死ぬこと以上に捕虜になることを拒否するよう教育を受けてきた。佐藤君が私の目を見て、口をぐっとつむった。出てしまいそうな溜息を我慢したようにも見えた。狼狽した瞳には力がなかったが、静かに銃を出した。佐藤君は両手でナンブ十四式の弾を装填し、岩の上の敵の方ににじり寄った。私もここが自決の場所だと自分に言い聞かせ、ポケットから右手で銃を取り出したものの、左腕は銃の紐で頭の上に縛り付けてあるので弾を装填することができない。仕方なく、銃を地面に置いて足で挟んで固定し、片手で装填の操作をした。それがまずかった。爪のない手に力が込められず滑ってしまい、パン！と、暴発してしまったのだ。私も驚いて座り込んでしまったが、先を行く佐藤君がキョトンとした顔で振り向いていた。一瞬の間を置いて、拡声器から日本語が飛んできた。

「何してるんだぁー。早く出てこいー。こちらは日本軍だぁー。安心して出てこい！」

その声にさらに驚き、私たちは思わず「助かったー」と叫んだ。

私たちが機関銃と思っていたのは、監視用の大型双眼鏡を三脚に備えた物で、岩の上にいたのは日本兵だったのだ。直前まで自決を覚悟していた私たちは安心しきって、その場にへたり込んでしまった。

監視をしていた人は、私たちをかなり遠くから認識していたらしく、ふたりの動向を見ていたが、コソコソと茂みに隠れた挙げ句、予期せぬ銃声に、攻撃をしてきたか自決をしたのかと逆に驚いて慌てて叫んだそうだ。

私たちは彼の案内でジャングルをさらに進んだ。こうしてなんとか合流したのは特殊潜航艇の先遣隊で15～6人の部隊だった。基地設営の為に送られた人たちは、二張りのテント生活をしていた。私と佐藤君の幸運は、それだけではなかった。当時の体制下において、私たちよりも上級の軍人がこの部隊の指揮官であれば、私たちは粗末な扱いを受けていたに違いない。しかし、この部隊の指揮官は学徒出身の少尉で温厚な若者だった。部隊の人たちも若い人が多く、皆、私たちを手厚く迎え入れ、私の腐り始めた左腕の傷に惜しげもなく薬を使ってくれた。私はこの時すでに、ハエのたかるこの腕にもう治療は無駄と判断していた。貴重な薬の使用を控えてくれと頼んだが、指揮官が薬を惜しまず使って化膿を抑えるように部下に命令してくれたので、結局3日くらいの間に、持ってきていた化膿止めや消毒などはなくなってしまった。その甲斐もなく、日に日に傷は腐り悪臭がひどくなり、見る見るうちにウジ虫が肉の間を這いずり回った。1日に何度も海岸に行き海水で傷口を洗う苦行を繰り返すのだが、奥にまで入り込んだウジ虫は、肉に食い込んだまま取れはしない。いっそのこと腕を切り落としてしまったほうが、幾分楽なのではと考えたが、佐藤君が「二度と飛行機に乗る気はないのか？　乗りたければ辛抱だ」と制してくれた。

その何日かの間に若い指揮官に「何故飛行機乗りになったのか？」と尋ねられた。私は彼に自分の話を聞かせながら強い自分を取り戻していった。

第2章　開眼

私は、この２０１６年の8月11日に満１００歳を迎えようとしている。私が生きた1世紀の間に、文明は勿論のこと、人類の思考も生活も目覚ましく発展進化したように感じる。周りを見渡せば、当時は想像もつかなかった便利な物に囲まれて、掌に乗る端末の画面を指でなぞって様々なことをしている姿は不思議でならない。

国内のニュースを見れば、少年少女の自殺や肉親同士の殺人事件、女子や老人を標的とする非道極まりない事件が後を絶たない。

これだけ自由に物を考えられて、色々な選択が可能な世の中で、何故こんなことが起きるのだろうと残念で仕方がない。世界に目を向ければいまだに様々な所で戦争が起きていて、軍隊だけではなく、一般の人を大量に殺傷するテロの脅威がたくさんの悲しみを作り続けている。

果たして戦争のない平和な世界はいつ訪れるのだろうか。いつかはきっと、人が生まれてから死ぬまでの間、戦争やテロの脅威から解放されて、兵器を持たない世界がやってくるだろう。当然、私はその世界を見ることはできない。私の玄孫たちさえもその世界を見ることはないだろう。しかし、いつの日か、人類が奪い合うということを放棄した平和な世界が訪れることを、私は信じている。

大正5年、長野県の善光寺の近く、浅川村で私はこの世に生を受けた。世界大戦（第一次世界大戦）の時代、日清日露戦争に勝利した日本は、国力を充実させ「列強に追いつけ追い越せ！」と軍国色を強めていった。

大正12年、私が小学1年生の時には、関東大震災による壊滅的な被害によって、国力も政治も揺れ動く不安定な時代を迎えた。当時は旺盛な自由民権運動を背景に目まぐるしく政権が交代し、外交問題の渦中にもあった。情報が錯綜し、政治経済においては風評による影響が深刻なものとなり、昭和2年、金融恐慌に至った。

翌々年の昭和4年には世界恐慌をきっかけに国同士の緊張感は極みに達した。その頃、中国では反日運動が激化する。満州事変、あくる年の五一五事件によって軍国化へと拍車がかかった日本は、世界進出への道をひた走る時代に突入した。そんな背景で育った私たち子供は、軍人に憧れ、戦争ごっこに明け暮れていた。

青春のすべてを国に捧げ、大勢の人の命を奪い、微かな生命線を綱渡りして、100年近くも生きてしまったが、この命の灯火が消える前に、私が見た当時の在りのままをここに記す。

大正10年「長野に東京から飛行機が飛んでくるよ」と聞いた祖父が、5歳の私の手を引いて家から8キロほど離れた河原に歩いて見物に連れていってくれた。初めて見る2機の飛行機が鳥のように空を飛び、河原に降りてはまた空に舞い上がる姿を見て、私は思った。

「人間も空を飛べるんだな。僕も大きくなったら鳥のように空を飛んでみたい」

飛行機の音、飛ぶ姿、宙返り、95年たった今でも鮮明に心に焼き付いている。祖父と繋いだ手の感触や、帰り道の休憩で昼寝をしたことなどが、つい最近の出来事のように感じる。常に初めての体験は、大きな出来事も小さなことも、心に深く焼き付いてしまうものだ。これほどまで日常において忘れ去っていくことが多いのに、明確に蘇る記憶は、時に楽しく、時にはとてつもなく辛いものだと100歳を迎える今、実感している。

現代では、子供が喧嘩をしても先生や近くにいる大人がすぐに止めてしまい、子供同士で決着をつけたり和解をしたりという機会に恵まれず、いやなものを心に残したまま大人へと成長してしまうことが多いのではないだろうか。これは人間形成において、果たしてよい働きをしているかどうか大きな疑問である。子供の頃の私は勉強が嫌いで、村のやんちゃ坊主たちと遊んでばかりいた。何か意見が食い違えば、すぐに殴り合いの喧嘩になったが、当時は、子供は喧嘩をするものだという気風があり、よほどひどいことにならなければ、周囲の人はある程度勝敗が決まるまでそれを見守った。子供たちも喧嘩の限度をわきまえていた。相手が泣いたらやめる、血が出たらやめる、勝ち負けが決まった辺りで周りの仲間が止める。そんな暗黙のルールのようなものがあった。そして、多くの場合、喧嘩をした相手と仲直りをしてお互いを認め合ったり、その相手とは前よりも友情が深まるというようなことがよくあった。私も例外ではなく、子供の時に喧嘩をした相手と、死ぬまでお付き合いをさせて頂いた。そんな方たちもこの30年ほどの間に、次から次へと鬼籍に入られ、子供の頃を思い出す度に寂しさを感じている。

私はそんなやんちゃ坊主だったから、小学校で頻繁に聞かされる戦争の勇ましい軍人のお話や感動的な最前線の様子などには興味津々で、軍隊や戦争が憧れの世界だった。専ら男の子たちの遊びは戦争ごっこが主流で野山を駆け巡り、誰よりも強くなることが最優先だった。私の祖父は生粋の軍人で、二百三高地で戦病死しているが、父はその反対で学問に長けた人だったので、私に「勉強をしろ！　学問が大事だ！」と、とてもうるさく、私が学校で先生にひどく殴られて帰ってくると笑って「先生はお前のことを大事に思って殴ってくれるんだからありがたく思いなさい」と言うほどだった。一方、母親は殆ど無学の人だったので、腕白な私を微笑ましく見守ってくれた。中学に上がろうという時に父の勧めで、当時合格するのは難関であった旧制長野中学校を受験し、これがまぐれにも合格してしまった。私の村からは、たった3人しか入れないほど優秀な学校だったから、到底授業についていけず、ますます勉強というのもが手に付かなくなってしまった。それに対して体が丈夫で根性は誰にも負けないという自信は強くなる一方だったので、いずれは軍隊に入って活躍するのだと考えていた。

昭和8年、私は17歳になり海軍を志願した。海軍に入れば軍艦で世界中を遠洋航海することもできるかもしれない、そんな願望が心を占めていて、この時には5歳の時の鳥のように空を飛びたいという夢は忘れていた。意外にも父は長男の私が軍人になることに反対はせず喜んでくれた。当時は国にも民間にも、戦争がいつ始まってもおかしくないような空気があり、戦争になれば現役軍人ではなくても、召集で戦地に連れていかれてしまうのだから、早く軍人になっていた方が有利と考えていたそうだ。実際その4年後の昭和12年には日華事変が始まった。

海兵団に入るには簡単な国語、数学の試験があるだけで健康な私はあっさり合格し、横須賀の海兵団に入ることができた。幸いにも新兵の時から、北海道出身で軍人としては珍しく融通のきく阿部竹五郎さんという教育班長にとても可愛がられた。三等水兵となった私を阿部班長が、自分がかつて乗っていた駆逐艦《潮》に私を乗せてくれるよう取り計らってくださったので「阿部さんの教え子が来たぞ」と言って先輩たちには特別な扱いをして頂いた。私の軍人生活はそのように順調に始まったのだが、駆逐艦での仕事といえば、毎日大砲の手入れや甲板の掃除、そして訓練ばかりが続いた。さらには砲術学校か水雷学校のどちらかを卒業しなければならなかった。私は大砲も魚雷も特に好きにはなれず、真剣に取り組む気持ちにはなれなかった。憧れていた遠洋航海などまったくの夢だったことを思い知らされた。時には軍人精神注入棒で殴られることもあり、向こうっ気の強い私は、ひどい所に来てしまったものだなと思い始めた。

丁度その頃、海軍の飛行士たちの食事中の様子を見た。飛行機乗りたちは何だか自由な雰囲気を持っていて、会話や立ち振る舞いも格好がよく、私はそれをとても羨むと同時に、5歳の時に抱いた夢が蘇り、そこから飛行機乗りになる道を目指した。しかし、そのことを前向きに考える者は、私以外ひとりもいなかった。皆口を揃えて、お前のようなぼんくらが飛行機乗りなどになれる筈がないと言った。それでも、このまま駆逐艦の大砲の整備や甲板掃除ばかりに明け暮れるのはまっぴらだった。大空への夢こそ自分が達成することだと確信し、上官たちの反対を押し切って、操縦練習生の受験をするので承諾書を書いてくれと父親に頼んだ。当然父は、農家の長男である私が死と隣り合わせの飛行機乗りになることに反対した。当時は飛行機の性能が悪く、戦闘どころか練習中に命を落とした若者などもいたので言語道断の願いだった。

そこで隣村の粟野原中佐に「飛行機乗りになりたいので父親を説得して頂けませんか」と頼むと快く引き受けて頂けたが、結局どうしても父親の承諾は得られなかった。それではと、飛行機乗りにならなくてもたまには飛行機に乗せてもらえるという航空兵器術練習生の道を勧めてくれた。飛行機に爆弾を取り付けたり機関銃の掃除や調整をする、所謂飛行機の武装に関する整備員のことで、少しでも飛行機に乗れればという思いから、粟野原中佐の助言通り、昭和10年4月に横須賀航空隊に航空兵器術練習生として入隊した。

こうして私は夢にまで見た飛行機に乗ることができた。機上作業練習機で、初めて地上を離れた瞬間の感動は今でも鮮明に蘇る。乾いたエンジンの音に胸の高鳴りを覚え、座席に座った。エンジン音が鼓膜を激しく揺らし、プロペラがすごい勢いで風を起こした。ゆっくり滑走路を走り出すと、地面が進行方向と逆にどんどん加速していった。それが流れる水のように見えてきたところでフワリと機体が浮き、見る見るうちに風景が眼下に広がって、人や建物が豆粒のように小さくなった。不思議な浮遊感に体がムズムズする中、「これは現実なのだろうか?」という浮かれたような気持ちと、鳥の気分を味わった。それから数回は、飛行機とはこういうものなんだよという体験の為に乗せてもらうことができたが、専ら搭載兵器を整備するだけの毎日が続いた。

半年が過ぎ、航空兵器術練習生を卒業した私は、二等航空兵として日本で最も古い航空母艦《鳳翔(ほうしょう)》へ乗ることになった。航空母艦の中では、私たちのような一般の兵員と飛行機搭乗員の待遇の違いは歴然としていた。特に戦闘機乗りは、雷撃機や爆撃機に乗る人に比べ人一倍勇ましい人たちばかりで、憧れは日に日に大きくなり、抑えることができなくなってしまった。挙げ句の果てには、親に内緒で偽の承諾書を作り三文判を押して、操縦練習生の試験の願書を出してしまった。もし試験に落ちれば、原隊に戻り、責められたり中傷を受けたりすることは避けられない。そのことを差し引いても、飛行機乗りになるのだという夢の実現を優先することを私は選んだ。

昭和10年、試験に合格した私は、霞ヶ浦航空隊へ約150人の操縦予定者のひとりとして行くことになった。150人も受かるのかと最初は思ったが、日本海軍全部隊からの応募は1500人ほどもあったそうで、その1割に選ばれたことは、我ながら運のよさに驚いた。この集まった予定者から実際に飛行機に乗せて訓練するまでに、身体検査や機械を使って平衡感覚などを調べるという選抜があり、たちどころに50人が原隊に帰されてしまった。残った100人を初歩練習機に乗せて訓練を始めることになるのだが、この時の教官、江島准士官との出会いこそが、それまでの自分を断ち切った、かけがえのない時間となるのだった。

江島教官は当時、日本でも一、二を争う飛行機乗りといわれていて、普段は大変物静かな人だったが、教える時には厳しいどころか、飛行機が飛び上がってから降りるまでの間、怒鳴りっ放しで、時には棒で頭を叩かれたりもした。三式初歩練習機で操縦桿を握りしめ、生まれて初めて飛行機を自分で操縦して飛び上がる時、私は「遂にやった！　鳥の様に自分で飛べる日が遂に来たのだ」と、どんな言葉にもできないほどの満足感に包まれた。根拠のない自信と慢心で、相当に浮付いた気分だったのを覚えている。

離陸はすんなりと上手くいった。そう思った瞬間「馬鹿野郎！」エンジンの音をつんざいて罵声が飛んだ。一瞬にして体が硬直し、頭が真っ白になった。

「駄目だ！」「違う！」「馬鹿！」

それからは私が何かをする度に罵声の連打で、何をすればいいのかわからなくなってしまった。着陸するまでの間、江島教官は怒鳴りっ放しで、飛行機を降りてからは一言の助言もくれず、くるりと踵を返して兵舎に戻ってしまった。

翌日も同じことが繰り返された。

江島教官は端正な顔立ちをしていたが、毎日飛んでいるせいか顔が赤黒く日焼けしていて、事故か何かで歯を損傷したのか全体に金歯が入っていた。くるりと振り返り眉間に皺を寄せ口を開くと、まるで獅子舞の獅子。当時怖いものなどないと思っていた私も、目の前にその顔が迫りものすごい剣幕で吠えられると、体が硬直してますます力が入ってしまい、飛行機の両翼までもがブルブルと震えるほどだった。

間髪を入れず「飛行機がガタガタ震えてるじゃねえか!」「何をしているんだ!」「馬鹿!」「駄目だ!」と飛んでくる。

何度かに一度は、棒の打撃も付いてくる。あれほど憧れていた飛行機の操縦をしているのに、空中にいる時間が辛くて辛くて「早く着陸してこの時間から逃げたい!」とさえ思い始めた。私の何が駄目なのかを一向に教えてくれない江島教官を恨めしくさえ思い、くさくさする辛い日々を終わらせたい気持ちから、意を決して地上に降りて踵を返す教官に後ろから「何が駄目なんですか?」と尋ねても「駄目だから駄目なんだ!」としか言ってくれない。私は考えに考えた挙げ句、いくら一生懸命やっても飛行機乗りとしての才能が自分にはないのだと考え、この道を諦めて駆逐艦の仕事に戻ることを決意、夕食後の自由時間に江島教官の部屋のドアを叩いた。

「原田です。申し上げたいことがあるのですが…」

「どうした。入れ」

静かな江島教官の声だった。約束もなく急に訪れたので叱られるのではないかと、恐る恐るドアを開け、一歩中に入り敬礼をした。

「原田要です。夜分に失礼致します」

静かに私を招き入れる江島教官は寝間着には着替えておらず、小綺麗な作業用の服を着ていた。飾り気のない部屋の中には机と椅子とベッドがあるだけで机の上には一冊の本と書類が少し、湯呑みがひとつあった。机に向かって座っていた教官が立ち上がり、ゆっくりベッドに腰掛けると、自分の座っていた椅子を「座りなさい」と指差した。私は畏れ多いとばかり入口に立ったままドアを閉め「このままで構いません」と話を切り出そうとすると、「いいから座りなさい」と言うので、ここで逆らってはまた怒られるのではとも思い、ゆっくり椅子に座った。電球の下で見る穏やかな顔の江島教官は、昼の獅子とはまったくの別人で、一瞬私はこの人に何を言いにきたのかわからなくなってしまうほどだった。

少しの沈黙の間、穏やかな目で私の目を凝視する江島教官に、私の心はすべて見透かされているような気がした。そしてやっとの思いで口を開いた。

「私は飛行機の操縦の適性がありません。飛行機乗りになることを諦めますので、どうか原隊に帰してください。鳳翔の乗組員としてまた整備をやります。搭乗員の道は断念したいと考えております」

あまりに私の瞳だけを凝視されるものだから見つめ返すこともできず、私の視線は机の脚やベッドの隅を彷徨っていた。

「お前、何を言っているんだ。お前に俺はうんと期待しているから叱るんだ。お前に才能があると思うから、俺がそれを引き出してやる為に叱る。俺が叱らない奴はもう駄目なんだ。そんなつまらないことを言わないで、一生懸命やれ」

江島教官の言葉は意外なものだった。そしてとても嬉しかった。しかし、何をどのようにすればよくなるのかはわからない。それを尋ねてみようとも思ったが江島教官の優しいまなざしが私の声を喉にとどめた。もやもやした気持ちのまま挨拶をして自分の部屋に戻った。体も心も疲れきっているのに、さすがにこの日は寝付くことができなかった。手の平と足の裏にじっとりと汗をかいて、どうすれば飛行機の操縦が上達できるのかばかりを考えていた。窓の外が明るくなっても答えは見つからなかった。その日の訓練も江島教官の罵声に三式練習機はガタガタ震えるばかりで、何をどう操作しても一向に飛行機が思うように安定しない。江島教官の打撃でますます混乱する私は頭の中が真っ白になり、遂には操縦桿を握る手にも方向舵を踏み込む両足にも力が入らなくなった。

「どうにでもなれ」言葉には出なかったが、私は心の中で叫ぶと、全身の力を抜いた。すると三式の震動がピタリと止まり、直後に江島教官がくるりと後ろを振り向いて「その調子！」「それだ！　その調子、その調子！」と誉めてくれた。

私は最初、これがどういうことなのかわからなかった。その日は、半ば放心状態で訓練が終わり、着陸後に告げた。

「私は飛行機を動かそうと今までやっていたから、バランスが崩れて駄目でした。飛行機と一緒になって動こうという気持ちになったら叱られなくなりました」

「そこなんだよ。それが操縦の原点なんだよ。よく自分で気がついた」

教官が私の肩を叩き「明日からはひとりで頑張りなさい」と単独飛行の許可を頂いた。

私は子供の頃から、力ずくで物事をやって、力が足りなければもっと力をつける、もっと力を込める、それで色々なことが達成される体験を数多くしたため、飛行機の操縦もそれで何とかしようという気持ちが強く出ていた。また、私がすぐ自惚れたり調子に乗る性格であることも江島教官は最初から見抜いていたのだと思う。言葉や論理で私を変えようとしても、私の目が覚めることはなかったと思う。空、風、飛行機、人間ひとりの力では、どうすることもできない大きな力の中で、それを操る術の原点を授けてくれた。我が人生の、最初にして最大の恩師が江島准士官である。

私はこの時、いつもより軽い足取りで兵舎に戻っていく江島教官の後ろ姿を涙越しに見つめていた。憧れていた「鳥」になれると確信した。

あくる日、生まれて初めてひとりで空中に上がった。風に乗って飛行機と一心同体となった感激は言葉にできない。私は大空をひとりで自由奔放に飛び回った。風も飛行機も、私の体に「こうしなさい」「こうしてみたらどうだ」と投げかけてくる。私の五感が素直にそれを受け入れて反射的に呼応していた。心技一体となったこの日、鳥になれたという感激が飛行機を降りてからも続いていた。

初歩練習機での訓練が終わると次は「赤とんぼ」の通称で親しまれた九三式中間練習機で急降下してスピードを出したり、宙返りなどのスタントの練習が始まった。

ここで練習生をふるいにかけるわけだが、飛行機と一体になることをしっかり学んでいたので合格することができた。

この時の教官は、艦爆のナンバーワンともいわれた福永正義少尉という有名な方で、私はこの方から「負けないいんだ」という必勝の信念を授かった。福永教官は攻撃精神の気力を最も重んじる方で、「戦争は技術ではなく信念である。必ず勝つんだという気持ちで戦えば間違いなく勝つ」「旺盛なる攻撃精神と確固たる必勝の信念で戦うこと」など徹底したその教育は彼の体験に基づくものであった。教官は中国戦線において敵地を爆撃するために設計された艦上爆撃機で、米軍のカーチスホークという戦闘機と空戦をして撃墜するという前代未聞の無謀な偉業を成し遂げていた。爆撃機は敵地の上空から爆弾を落とす為に設計された機体で運動性能も鈍重、空戦をする為の機銃も僅かしか備えていない。にもかかわらず運動性能が高い敵の戦闘機に立ち向かい撃ち墜とすことは、腕前や運ではなく胆力の賜といえるのだ。

教官の教えは深く体に染み渡り、以来、どんな不利な状況においてもこの「負けないんだ」という信念が私を助けてきた。

最後の段階の実用訓練に入った時には、100人いた訓練生は半分ほどになっていた。この時の教官は、背が小さくずんぐりとしていて、とても大人しく風采の上がらない人だった。もともとのあだ名は「ブツ」だったが、「ブス」と呼ぶ人がいたほどだ。必要なこと以外に口を開くことがなく、ましてや訓練生を怒鳴りつけることなどもなかったので、私には殆ど印象が残っていない。ただ私は、この人から頂いた「原田、素直な気持ちが大事なんだ」という言葉を大切にしている。

後で知ったのだが、その静かな方は、ハワイ攻撃において甚大な戦果を収めた雷撃隊の分隊長で「雷撃の神様」と呼ばれた村田重治さんだった。この村田教官と私はこの後の昭和12年12月12日パネー号事件をはじめ何度も同じ戦闘に参加することになったが、それはまたおってお話しするとしよう。

私は最終訓練に合格し、35名ほどの中に残った。この8ヶ月の間に、江島准士官、福永少尉、村田重治少佐という3人の素晴らしい先生のもとで、夢を抱く少年から男へと進化を遂げたのではないかと思う。

心頭滅却して、抗わず飛行機と一心同体となり、必勝の信念のもと攻撃精神を貫き、常に素直であること。大人への転換期にこれほどの師匠たちに恵まれたことを思うと、つくづく幸運な人生を歩ませて頂いたと感謝の念に堪えない。当然、当時の上官のなかには敬礼をしなかったとか、こちらは黙っているだけなのに「何だ、その反抗的な態度は！」と理不尽なことを言って下の者を粗末に扱う人も大勢いた。精神注入棒という棒切れで力の限り制裁を加えられるということも頻繁にあった。私も何度もそのような目には遭ったが、そういう方のことは何ひとつ覚えていない。それよりも、この御三方をはじめ人生において、一生ものの宝を与えてくださったたくさんの先輩たちが思い出されてならない。当時は軍国教育だったので、現在の価値観と比較することはできないが、戦争へ駆り立てたこと、教育と訓練によって若者を殺人ロボットに仕立て上げるということ自体は、人類として、けしからん有るまじき教育ではある。

しかしながら、教える者と学ぶ者の間に通っていた熱や約束、責任、規律といった厳しさにおいては、美しくありがたいことではないかと感じている。

そして現在、教える側も、それを受ける側も、家族、親子、兄弟においても昔の日本人が大切にしてきた何かが欠けてきているのではないかとも感じる。耳を疑うような悲惨な情報が100歳を迎える私にも毎日のように飛び込んでくる。家族や国を守る為に命を投げ出す覚悟で戦争をした私たちの時代も愚かだが、家族で殺し合いをする、教育者がつまらない罪を犯す、警察官や政治家が不正をする、こんな時代になったのは教育のせいかもしれない。説教がましくなってしまったが、この100年の時間の中で様々な物が生まれ、人の価値観も変化している。しかしこの先も、人が生まれてから死ぬまでの時間の中で、大切と思えることはそれほど変わらない様な気がする。

さて、私の価値観をお話するのはこれくらいにして練習生時代に話を戻すが、35名の予定者全員が飛行機乗りになるとばかり思っていたら、そこからさらに26名に絞るということだった。一体どのような試験があるのかと思えば、東京帝国大学から心理学の先生が来て、手相や骨相で決めるという。さすがにこれには私も驚いた。これほど訓練をしてきたのに、そんなことで落とされてしまうのかと絶望を感じた。子供の頃から木から落下したり、崖から転がり落ちたりと生傷の絶えなかった私は、人相も悪く生命線も短い。幸運や寿命というものにまったく縁がないと感じていたので、その先生の前に座った時には不安で指先が震えるほどの緊張が走った。最初に飛行機に乗った時とはまったく別の、いやな震えだ。恐る恐る両手を先生の前に差し出すと、その瞬間に先生はびっくりした眼を見開いて「こりゃ長生きだなあ」と大きな声で言われたので、こちらもびっくりした。

その先生が「この兵隊は早死にする」と判断すれば「お前、辞めて帰れ！」となり飛行機には乗れないのだ。そうやって折角実技訓練を通過したにも関わらず、10名ほどが泣く泣く原隊に戻された。こうして26名に選ばれた私は合格し、卒業を果たしたのである。

私は手相や占いなどは信じない性質だが、こうして今、１００歳になろうとしていることからしても、あの先生の判断は正しかったようだ。

卒業時に私は、それまでの成績が26名の中で最も高く、卒業飛行の空中分列式では中間練習機の編隊長として先頭を飛ぶことになった。そして、主席卒業生だけに贈られる天皇陛下からの恩賜の銀時計を賜り、地元紙の信濃毎日新聞には「原田一等兵首席で卒業、海国信濃の誇り」「全国の秀才を尻目に郷土の名誉」などと嬉しく報道され、これには、受験の時に書類を偽造したことで怒り狂っていた父も、知り合いに自慢するほどに喜んでくれた。

私は、すばらしい教官に恵まれたこと、挫折しそうになったが踏みとどまり、それが子供の頃からの大きな夢を実現する喜びに繋がったことを噛み締め、これからも決して驕らない決意と、日本の為に全身全霊を注ぐ決意を新たにした。

26名の卒業生は、艦攻隊10名、艦爆隊10名、戦闘機隊6名と振り分けられるが、私は最も人気の高かった一人乗りの戦闘機乗りになることができた。しかし、これは腕前や成績というより、幸いにして私の身体能力が戦闘機に適していたからだ。地上で脳の働きが良い人ほど気圧の薄い上空で働きが鈍くなってしまうといわれていて、私は地上においてそれほど脳の働きが良い方ではなかったので、高い上空でもそれがあまり低下しなかった。そして呼吸器が強く、通常、高高度と呼んでいた5000メートル以上に上がる時には酸素マスクをする決まりになっていたが、私の体は6000メートルに上がっても酸素マスクをまったく必要としなかった。加えて血圧もやや低めで飛行機乗りに適していた。上空では血圧が上がってしまうので、血圧が高い人は不向きである。また低過ぎる人も発進や急降下のGに耐えられず、貧血になり目が眩んでしまうので危険とされ、練習中に操縦席で気を失ってしまう人もたくさんいたようだ。私はそのどちらにもならない丁度良い体だった。そのことも幸いし、一番体力を必要とする一人乗りの戦闘機乗りに選ばれた。

一時は勘当されたような状態にあった父親との仲も、子供の頃以上に深まった。私はこの後、中国戦線、真珠湾攻撃、ポートダーウィン空襲、セイロン島コロンボ空襲、ミッドウェー作戦、ガダルカナルの空戦、その後の教官としての飛行を含め8000時間を飛行機と共に空中で過ごした。

敗戦の色が濃くなりつつあった時期、私は内地に戻り石岡の滑空専門学校でロケット戦闘機、秋水のパイロット養成に携わる教官をしていた。時間の融通が利く時期でもあったことから、父親が面会にきた時に「飛行機に乗ってみたいか」と尋ねてみた。一般の人を飛行機に同乗させることは禁止されていたが、幾度も生と死の瀬戸際を彷徨い、再び会えた喜びと、少し角が取れて穏やかに微笑む父の顔を見て、思わずその言葉が口からこぼれてしまった。すると父は「一度乗ってみたい」と言った。私は練習機の後ろに父を乗せて空を飛んだ。

農家の長男として生まれながら、軍人として最前線の空を飛び、絶大な心配をかけた父への唯一の恩返しだったように思う。私が宙返りをしてみせると父は「面白いもんだな」と喜んでくれた。

第3章　出撃

昭和11年、茨城県の霞ヶ浦航空隊での練習教程を終えた私は、大分県にある佐伯航空隊で実用機による約1年間の延長教育を受けることになった。

当時の実用機は、九〇式艦上戦闘機から、日本海軍最後の複葉戦闘機である九五式艦上戦闘機に替わっていく時だった。佐伯航空隊で九〇式艦戦での訓練中、エンジンに不調が起こり飛行場近くの畑に不時着した時には、前輪が畑の土に食い込みひっくり返ってしまい、飛行機は大破したが、幸いにも軽傷ですんだ。こういうことは、あちこちの航空隊で頻繁にあったと思う。空中でのエンジン故障と飛行場以外での不時着を経験したことは非常に怖い体験ではあったが、この後もそのような状況に落ち着いて対応できる礎となった。

私の延長訓練の年に、日本では二二六事件があった。海軍は明確に彼らを反乱部隊とみなしていたので、私たちも鎮圧の為、東京へ飛ぶ準備をしていたが、日本軍同士が相討つ事態にはならずにすんだ。

翌昭和12年、盧溝橋事件が発端となり中国における戦線が拡大。日中戦争へと発展する。私は1年間訓練をする筈が8ヶ月に短縮され、飛行時間僅か300時間で10月2日、上海へ出征した。当時は５００時間の飛行時間を体験していないと使いものにはならないと言われていたが、私は実戦に出てから1年半以上を要して、ようやく５００時間に達したのではないかと思う。第十二航空隊の３番機として九五式艦戦で陸軍の進撃を援護する陸戦協力の任務だった。まだ経験も技術も未熟な私は３機小隊の３番機だった。その３機小隊を３つ合わせた９機の隊を中隊と呼ぶ。大隊はさらに９機の中隊を３つ合わせたもので、27機の戦闘機が大隊を編成する。第十二航空隊は九五式艦戦で編成されていた。

一方、第十三航空隊は後の零戦で有名な堀越二郎氏設計の単葉の九六式艦戦で編成されていた。私たちの任務は、逃げていく中国の兵隊を撃ったり、60キロ爆弾で敵の兵舎を爆撃することだったが、太平洋戦争末期の戦闘を思うと敵の戦闘機が飛んでくることもなく、地上からの高射砲の攻撃も殆どなく、のんびりとした戦闘だった。こうした支援任務だったからこそ、飛行時間の少ない未熟な私にも何とかこなすことができたのだと思う。

この時、私は21歳だった。軍国教育のもとすくすくと成長した私には、機銃掃射をしたり爆弾を落としたりすることへの使命感こそあれど、人の命を奪うことに対しての躊躇いはなく、戦争という大局の中、無感情に自分の役割を果たすことが当たり前で、むしろ初陣を喜び、少しでも多くの戦果を挙げることに必死になっていた。

陸軍の援護が終わると上海の鐘紡という会社の宿舎に戻り、一杯呑んで寝るという毎日が続いた。夜になると中国軍の野砲の弾丸が飛んできたが、宿舎には一発も当たらず、撃つ方も弾着を確認していたわけではなかったようだ。それでも私たちは、同じ所にいてはいつかはやられると時々寝床を変えていた。

我々が使用していた公大飛行場は、もともと大学の敷地を飛行場にしたものだったので、4階建ての校舎の上をギリギリにかわして降りていかなければならない。我々海軍の搭乗員は航空母艦に着艦するのを前提とした訓練を毎日していたので、校舎をギリギリにかわし短い滑走で正確な位置に着陸するのは容易なことだった。

陸軍の航空隊も援護をしていたが、彼らはこの難易度の高い飛行場にはまともに降りることができず、滑走路の先の水路に突っ込んだりしていた。陸軍は普段から広い飛行場で訓練をしているので、校舎の上をスレスレに降りて、狭い滑走路で停めるという着陸は苦手だったようだ。やがて陸軍の飛行機は殆ど来なくなった。

その後、我々は上海から常州に基地を移動し、陸軍が南京を攻略するまで援護を続けた。

昭和12年12月12日、我々は中国の敗残兵が南京から重慶方面に揚子江を船で逃げていくという情報を掴んだ。戦闘機9機、艦爆6機、艦攻3機の潮田良平大尉の率いるこの編隊には、私の恩師である後に雷撃の神様といわれる村田重治少佐も一緒だった。私は一個中隊9機の戦闘機隊3番機に60キロ爆弾を抱いて飛んだ。我々戦闘機隊は急降下して高度100メートルで爆弾を落とすという攻撃をする。60キロ爆弾はそれほど大きなものではないので、慣れていない爆撃ではあったが、命中させることはさほど難しいことではなかった。ただし爆弾を落としてから飛行機を引き上げる時は、自分が爆撃した船にぶつかるほど接近する。私は九五式艦戦から一番大きな船を狙って60キロ爆弾を投下した。ところが、それらの船は中国の敗残兵が乗った多数の木造帆船と共に航行していた米アジア艦隊の砲艦《パネー》とスタンダード石油会社の所有船《メイピン》《メイシャ》《メイアン》の4隻であった。そして、イギリス砲艦の《クリケット》《スカラブ》それに護衛されていた汽船と倉庫船にも攻撃を加え、6隻を沈め2隻を破壊した。この空爆による死者は3名、負傷者は74名であった。

翌13日、陸軍の脇坂部隊という非常に実績のある部隊が南京城の太平門と光華門を攻撃していたがなかなか攻め落とせないというので、我々航空隊がそのふたつの門を60キロ爆弾で壊した。南京城の城壁は頑丈で壊しきることはできなかったが、城壁の上の敵を爆弾で追い払って、そこから陸軍が南京城内に入り、間もなく南京は陥落した。

日本軍が南京を占領した後、我々は南京郊外の飛行場に着陸し上空哨戒をした。

翌日も中国軍の飛行機は皆、重慶の方へ逃げており、南京に来ることはなかった。

南京攻略後、数日の間、上空哨戒を続けたが、突然、内地に転勤を命令された。それは12日のパネー号の誤爆が原因だったと思われる。パネー号事件と後にいわれる、一触即発の国際問題にまで発展した誤爆。アメリカの厳重な抗議に対して日本側が陳謝し、1321万4千ドルの賠償金を支払い、4名の指揮官を戒告処分にすることで事態は収拾した。アメリカ側は、船には星条旗が掲げてあったと主張していたが、爆撃の際に100メートル以下に接近した私は星条旗を目視していない。このことは、戦後のアメリカからのインタビューでもお答えしている。

私はこの時、事情聴取を受け調書を取られ、昭和13年1月5日、第十二航空隊在隊に入隊から僅か3ヶ月足らずで、長崎の大村航空隊に転勤を命じられた。私の役職は飛行訓練生の教官だが、飛行時間が足りないこともあり、自分の技術を磨く為に大村と朝鮮の元山航空隊を九六式艦上戦闘機で往復する日々が続いた。2月には佐伯航空隊で教員を務め、12月に筑波航空隊、翌14年12月に百里航空隊、15年10月には大分航空隊に配置された。実戦経験のある私は、海軍兵学校を出ていない叩き上げの下士官ではあったが、貴重品のように扱われ、若い搭乗員たちからも操縦の教官としては慕われていたほうだと思う。私は先輩から授かった知識、技術、精神を教え子たちに注ぎ込むことで、この仕事に生きがいを感じていた。

中国大陸の戦火は拡大する一方で、諸外国からの干渉も日増しに強くなり、日本に資源が入りにくくなる状況だった。パネー号事件でアメリカが日本へ取った対応などから考えても、いずれ我々はアメリカやイギリスと戦うのだろうなという予感があった。

中国戦線においては恐怖を微塵も感じていなかった私だが、段々死というものについて考えるようになっていった。当時の飛行機に事故が多いことは何度も触れているが、私は毎日飛行訓練に付き添うので、若い搭乗員の事故を頻繁に見ていた。不思議なもので13日の金曜日に大きな事故が起きることがあったので、飛行機乗りたちは皆「今日は13日の金曜日だから気をつけろ」などと言い合っていた。健やかな顔で「教官、おはようございます。今日も宜しくお願いします」と挨拶をしてくれた教え子が、その数時間後に訓練中の事故でいなくなることは、いまだに残念で仕方がない。

地上に激突した搭乗員が亡くなるまで長時間苦しんでいる姿を見たり、海上で緊急脱出をしたがパラシュートが開かず海面に激突し、救命胴衣で浮かんではいるのだが全身を強打してのたうち、苦しみながら死んでゆく姿を見たりしていたので、墜落してから死ぬまでの苦しみを少しでも和らげる方法はないかと思うようになった。

子供の頃に聞かされていた、悪いことをすれば地獄に行くという話も影響し、中国戦線で逃げ惑う兵士に機銃掃射を浴びせたり、人が立てこもる場所に爆弾を落としたりしたことが、自分の地獄行きに繋がるような気持ちになった。仏教講座に顔を出すようになった私は、ますますもって死の苦しみについて心配になってしまった。禅宗のお坊さんは座禅を組み、「心頭滅却すれば火もまた涼し」という域まで精神的な成長を遂げれば良いというので、私はそれならば鎌倉の一流のお寺である建長寺の管長を訪ね、座禅させてくれるよう申し入れた。

「子供の頃飛行機に憧れて軍隊に入り、飛行機乗りになり、実戦で空戦もして大勢の人を殺傷しました。以前はそのことに恐怖も感じず、死についての考えもありませんでした。しかし仲間が落ちて、苦しんで死んでいく姿を見ているうち、その苦しみについて恐怖を感じるようになりました。私は座禅を学び、死ぬ時の心の葛藤を少しでも和らげたいと思います」と目的を告げた。

しばらくの間、管長は黙って私の目を見ていた。その目はまるで私の実体を通り越し、私の遥か後方にある何かを見つめているようだった。

そして「兵隊さん、それはつまらないことですよ。いくら座禅を組んでも人は死の恐怖から逃れることはできません。私も死んだことがないからはっきりしたことはわかりませんが、一生懸命生きてきたという満足感があれば、安らかに死を迎えることができるだろうから、あんたは今やっている飛行機の操縦を一生懸命やりなさい」と言うのだ。

その時、私は管長の言葉に半信半疑で「管長は上手いことを言って俺を門前払いしたな」と思いながら帰途についた。それから私は、知らず知らずのうちに管長の言葉通り、それまで以上に飛行機の操縦に自分のすべてを注ぎ込むことに集中していった。

第4章　巡り逢わせ

昭和15年11月、私は一空曹に進級した。当時日本は「産めよ、殖やせよ」という政策のもと、結婚を奨励する社会的背景もあり、私が知らないうちに、陸軍時代に同期だったお互いの親たちが結婚の段取りをしていた。

しかし、私が飛行機乗りということで相手の親戚たちは、死ぬ確率の高い搭乗員のもとに嫁ぐことを猛反対していたようだ。数えで18歳、女学校を卒業し、長野貯金支局に勤め始めたばかりの相手、精は子供の頃リンドバーグ夫妻が飛行機で来日したニュース映画を見てからずっと飛行機乗りに憧れており、、数年前、私が飛行訓練生を首席で卒業し、恩賜の銀時計を頂いた記事が掲載された新聞を見ていたらしい。そして軍国の母になるのが女性としての最高の名誉と考えていたようで、顔を合わせたこともない私と結婚することを決めたそうだ。

私は急遽、祝言の為に大みそかから3日間の休暇を取って大分から故郷に帰り、長野に着いたその晩に顔を合わせた。あどけなさの残る真っ白な顔に少し不釣合いとも思えるしっかりした鼻筋が通っていた。私たちはお互いの目を見合った。鼻筋の両横に伸びる切れ長な目尻は丁度正面から見た飛行機の主翼のような角度だった。瞳は私の目の少し奥を見ているようで、それが不思議なほどに私の緊張をほぐしてくれた。

頭の中で「私でもいいですか？」と聞こえたようだった。私はその音のないささやきにこっくりと頷いた。

昭和16年1月1日、自宅で精との祝言を挙げた。質素な式を終えた元旦の夜は、隣に布団を並べて寝たのだが結婚の緊張や不安が重なり妻は月のものを迎えてしまい、その夜は契りを交わすこともなく静かに眠った。翌日には大分の航空隊に戻らなければならず、17歳の妻を連れて長い汽車の旅となった。長野から東京に着くまで、気恥ずかしさで一言も口を利けなかった私に退屈した妻が、初めて郷里から離れることへの淋しさもあり「帰りたい」と言って泣き出してしまった。まだ17歳なのだから無理もない。

私は、一昨日会ったばかりでまだお互いのことも何も知らないし、夫婦といってもまだ手続き上の夫婦というだけで愛情も何もないのだから、「いいよ。帰りなさい」と言った。

しかし帰るのもひとりでは帰りたくなかったようで、やはり付いていくということになり、私たちは乗り換えのホームに向かって歩き出した。妻はじっと前だけを見つめて私の少し後ろを歩いている。私が何度か振り返っては顔を見るが、私の顔を見返すことはなかった。私は気まずさを感じながらも、丁度いい背格好の妻と階段を上り始めた。

汽車に乗り込むと、私たちは向かい合って座った。お互いに何を話していいやらわからず、じっと黙ったまま時間だけが過ぎていった。窮屈な空気は名古屋を過ぎても続いた。

幸いにして京都駅で私の教え子がその汽車に乗り込んできたので、私が結婚したことを告げ、妻の精を紹介すると、教え子が喜んでくれて京都土産に買った水あめをひとつ私たちにくれた。この時は幾分和んだ雰囲気になったが、それはほんの束の間で、教え子が他の車両に移動するとまた長い沈黙が始まった。私も向かいに座っている妻も、時々目を合わせてはみるのだが何も言葉が出てこない。妻の隣には山高帽を被った紳士が乗っていた。一般の人の前で軍人が女性と親しそうにするのは抵抗があったことも後押しして、ますます気まずい時間が流れた。

山高帽の紳士がうとうとと眠り始めた時、私と妻はその紳士の帽子に何か光るものが流れ落ちているのに気がついた。紳士の頭上を見ると、先ほど教え子からもらった水あめの瓶が倒れ、汽車の熱気で暖まった水あめが荷物の棚からこぼれ出し、タラタラと山高帽に流れ落ちていた。私がどうするのかを妻は見ていたようだが、私の軍人気質が邪魔をして声をかけられないでいると、帽子のつばに溜まった水あめが肩にもかかり出した。それを見かねた精が言った。

「おじさん、おじさん、起きて頂けますか？」

すると紳士は目を覚まして「何ですか？」。「おじさんの帽子と肩に水あめがかかってしまいました。それは私の主人が教え子から頂いた物なので、私の責任です。洗濯代は弁償しますから、

合わせることもあった。飛行機乗りに憧れて、会ってもいない私と結婚を決めた精は幸せそう

私も上空から精の姿を見ては宙返りをしたり、わざわざ家の真上を超低空で飛んで精と顔を見

ては家の方向に離陸する時もあり、精は度々2階の物干しに上がって飛翔する私を見ていた。

私は毎日、教官として飛行訓練生と何度も離着陸を繰り返すのだが、その日の風向きによっ

を喜んで、私がさほど疲れていない時でも、私のことをとても気遣ってくれた。

土地での暮らしもすべて自然に受け入れたようで、新鮮な毎日を楽しんでいた。妻という立場

不思議なもので、上野でもう帰りたいと言っていた少女は、親許を離れたことも、慣れない

大分に着いた。飛行場の近くに小さな借家を借りて、精との新婚らしい生活が始まった。

が、信頼みたいなものを感じ始めた。

それから私たちは打ち解けて話せるようになり、今でいう恋や愛とは少し違うのかもしれない

精は「それが夫婦じゃないですか。大丈夫ですよ。私もちゃんと覚悟していますから」と言った。

その時、私は17歳の精に助けられた気持ちになり、「心配をかけてすまなかったな」と謝ると

ません。兵隊さんは戦争をしてくれてるんだから、心配いりませんよ」

「いいですよ。こんなものの替えはいくらでもあるし、兵隊さんに保証してもらう必要はあり

あめを確認して、涼しい笑顔でこう言った。

どうか許して頂けないでしょうか？」と精がお願いをしたところ、紳士はこぼれ落ちている水

だった。まだまだ世間知らずであどけなさもあるが、頼もしい女房に恵まれたものだと毎日が夢のようだった。

勿論、今思えば私に至っても飛行機に乗る軍人というだけで、世間のことは一向にわかってはいなかったと思う。

私が9月に突如、空母《蒼龍》に転勤を命じられるまでの8ヶ月間、私たち夫婦は平和で甘い時を過ごした。青春の甘い想い出はこの大分での暮らしに詰まっている。当時、同年代の戦友に結婚していた人は少なく、新婚生活や他人から見たらこそばゆくなるような時間を体験することなく若い命を散らせたたくさんの人を思えば、こんな時間を250日あまりも過ごせた私は本当に恵まれていたと思う。

しかし私はこの時期に100年の人生の中で一度だけ嘘をついていた。私は海軍から出る基本給をすべて精に渡していた。まだまだ若いし遊びたい年頃なのに給料をすべて持ってくる私を気遣って、精は「あなた大丈夫ですか?」と尋ねてきた。私は「大丈夫だよ。心配いらない」と返していた。ただし、私は特別に支給される加俸が基本給と変わらないほどあった。そのことは精には内緒にして、飲み代などで使っていた。今から考えるとかなりの浪費だが、あれほど楽しくお金を使ったことは、その後まったくない。

それから結婚70年を迎えた年に精が他界する直前まで、私はそのことをずっと黙っていたのだ。いよいよという時に私の口から思わず新婚の頃、加俸を黙って使っていたことを精に告白した。その時、精は病院のベッドの上で「何を言ってるんですか？　そんなことはあの時から知っていましたよ。ちっとも悪いこととは思っていませんよ。後輩たちの飲み代をいつも払っていたのでしょ？　むしろ私はそんなあなたを誇りに思っていましたよ」と言うではありませんか。私はつくづく夫婦というのは、隠し事や嘘が通じないものなんだなと痛感した。

数日後に精が息を引き取った時、私は不思議と悲しくなかった。17歳で嫁に来てからそれまで70年もの歳月を精と共に暮らせたことは私の喜びで、精の死を自然に受け入れられたことは、私が死の恐怖を和らげたくて訪ねた建長寺管長さんの教えの通りだったと痛感した。その時に自分のできることを一生懸命にすれば、死の苦しみが和らぐというあの教えは、仕事だけではないのだ。私たち夫婦は70年間お互いに自分のやるべきことを精一杯果たし、死がふたりを別つまでそれができていたのだと思う。

私は精の仏に誓った。

「ちゃんと待っていてくれよ。私はたくさんの人を殺したから、お前と同じ所には行けないかもしれない、何とかそこに行けるように頑張るから」

しかし、それからもう何年もたち、私はまだ生きている。私の罪悪を少しでも多くの人に伝えるという役割がまだ残っているからかもしれない。

私が大分での飛行教官の仕事や精との生活を心から楽しんでいたことは事実だ。しかしそれをすべて捨ててでも蒼龍への転属を心から喜んだ。零戦搭乗員という日本海軍の主力部隊に配属され、これまでの厳しい訓練を活かした洋上での発着艦ができるからである。

地形や建物で目印を定められる飛行場とは違い、洋上では、高速で航海する狭い艦上から飛び上がったり、降りたりしなければならない。さらに目標物のない海では、自分がどこにいるのかわからなくなる。それでもひとりで母艦に帰る航法が必須の技術だったので、海軍航空隊の中でも航空母艦配属の戦闘機乗りは技量の高い搭乗員と見なされていた。

この時にはすでに零式艦上戦闘機は九六艦戦の後続機として初陣を飾っていた。

私は菅波政治大尉の第5分隊第3小隊長として蒼龍に乗艦し、毎日空戦訓練、射撃訓練、そして色々な母艦への着艦と発艦の訓練もした。というのも蒼龍はもともと空母として建造されたので飛行甲板が一層式になっており比較的発着艦が容易なのだが、《赤城》《加賀》は戦艦から空母に改造された船のため、飛行甲板が3段式になっていて最も上が着艦用、甲板が高くなっている。発艦は下の甲板からとなり気流にも影響が出るので、着艦が幾分難しくなるという違いがあった。私は九五式、九六式艦上戦闘機に長く乗り続けてきたので、さぞかし馬力も重量もある零戦は手強いだろうと思っていた。実際これがどうして、舵の利きが素晴らしく、操縦がとても滑らかでスピードも出る。九五式、九六式より操縦席が前にあるため視界も広く、まさに自分の身体の延長のような気がするほどに相性がよかった。この時の型は二一型という初期型だった。後に色々な零戦に乗ったが、私には軽快なこの二一型が一番しっくりきた。

零戦は極限まで機体を軽くする為に防御性においては相当貧弱だったが、私の2番目の師である福永さんが「攻撃は最大の防御」と言ったように空戦では攻撃力がものをいうので、私はそれで満足していた。

空母への着艦は当時「制御された墜落」といわれたように高度な技術を必要としたが、零戦は低速時にも非常に安定していた。飛行機の技術が我が国に伝わってからわずか数十年足らずでここまでの性能を研究開発によって引き出したことには驚愕するばかりだ。

もっとも、この無敵とも言える零戦があったからこそ世界に戦火を広げてしまったのかも知れない。私はその零戦の性能を引き出し、空を縦横無尽に駆けることだけに集中していた。同じ型の零戦でも、整備の状態や搭乗員の癖が染み込んでそれぞれ微妙に乗り味が違う。私は武装整備の経験もあったので、整備の方たちがどれほどの責任を背負って仕事をされているかもよくわかっていた。だから自分が関わった整備の方たちとは、親、兄弟以上の繋がりを感じていた。

訓練は毎日続いた。飛行機に乗っていない時も、体力づくりは勿論のこと、遠くの山の木を見続けて視力が落ちないようにした。私の両眼は2．0の視力があったので空戦にとても有利だった。かなり遠くの山も、葉の一枚一枚を見極め、それが何の木かわかるほどだった。疲れなどで一時的に視力が低下していることなども判断でき、弱っている時は冷やしたり、こめかみを揉んだりしていた。

そんな日々の中、毎日、朝と晩に精からの手紙が届いた。仲間からは「ほら、朝刊が来たよ」「今度は夕刊が来たぞ」と冷やかされたが、新婚一年もたっていない18歳なのだから、精に「1日2通はやめなさい」とは言わなかった。私も時折手紙を返していたが、もともと気の利いた文章など書ける頭はなかったので、その日にあったことや仲間のことなどを書くだけだった。

精からの手紙には、その日のことが短く綴られ、必ず私の健康を祈る内容が書かれていた。いつも同じような手紙だったが、時々淋しくなったのだろうか「日本の為に力を尽くす貴方を誇りに思います。愛しくて仕方ないけれど今は辛抱します」と書いてきた。

蒼龍に配属されて2ヶ月ほどが過ぎた11月の半ば、すっかり仲間と親しくなった頃、佐伯で地上訓練をしているところに突然「母艦に着艦せよ」との命令が下った。私たち戦闘機隊は勿論、艦上爆撃機、艦上攻撃機が大分や鹿児島から次々に蒼龍に着艦した。ブンブンブンブンという激しい羽音の中でいよいよどこかと戦争を始める時が来たのかと思った。

母艦の艦橋には防弾装備のハンモックが巻いてあり、艦内はかなりの防寒対策装備がされていたので、私たち戦闘機乗りの間では「ウラジオストク辺りに行くんじゃないか?」と噂されていた。ただこの時、艦攻隊や艦爆隊は鹿児島や大分で訓練をしていたので、薄々ハワイ攻撃のことを指導層の人たちは知っていたのかもしれない。

私にとって3番目の師である村田さんたちのいる艦攻隊は、浅瀬の広い鹿児島湾で海面から10メートルという超低空から魚雷を発射する訓練を繰り返していたそうだ。

真珠湾の深さは12メートルから15メートル程度ということなので、高度100メートルくらいから魚雷を撃つと海底に刺さってしまうらしく、高度を90メートルも下げて、プロペラの風圧で水しぶきが上がるほどの超低空から、機首を1度だけ上げて、ほぼ水平に真っ直ぐ打ち込むという離れ業のような訓練をしていたというから驚きである。制御性の良い戦闘機での低空飛行より格段に高度な技術を必要とするばかりか、搭乗員の息が相当に合っていないと正確に魚雷は走らない。また、山本五十六長官のもとで魚雷のひれがより水平に走るように改良されたらしい。まして当時は航空機からの魚雷発射そのものがまだまだ完成されておらず斬新な攻撃方法だったのだ。

村田さんはこの攻撃に対して必死で取り組んだ末、周りから「大丈夫ですか？」と尋ねられると「魚雷にちゃんと敵艦に命中するよう言ってありますから心配いりませんよ」と答えていたそうだ。

防寒設備の整った蒼龍は全機着艦後に錨を上げた。鎖が巻きとられる音や振動は艦内に静かに響いた。この出航に胸が躍ったのは私だけではなかっただろう。

零戦は昭和15年9月の重慶の空中戦において、わずか13機で中国軍機30機と交戦し圧勝。零戦の被害はゼロで全機帰還し、それ以後も1年あまり無敵を誇っていた。

今となっては不愉快に感じる方もあるかもしれないが、当時の我々が、いよいよこの無敵の零戦で大空を暴れ回れるということへの、打ち震えるような興奮を覚えたのは事実である。

この時点で私はすでに南京において、60キロ爆弾による地上や船への攻撃で、大勢の人を殺傷しているにも関わらず、そのことへの悔恨の念はまったくなかった。海軍の多くの仲間たちも同様であったと思う。戦果がどれだけあったかとか、自分は被害をどれだけ与えたかという話はたまに出たが、その裏で死んだり負傷した人たちに対する悔やみの話題にはならなかった。特に爆撃による地上への攻撃というものは、その被害者たちの無残な状態を目の当たりにすることがない為、痛みや悲しみは想像でしか感じられなかったのだ。このことからも幼児体験や教育、社会環境というものが人間性にいかに大きな影響を及ぼすかということがわかる。

何しろ今では想像もつかない状況があり、艦内は静かなる殺気に満ちていた。

動き出した艦内では、特に何をしろという指示は私には告げられなかった。蒼龍には顔なじみもたくさん同乗していたので、久しぶりに会った人たちと挨拶を交わし、自分が結婚したことを話したり、相手の身の上話などを聞いて楽しんだ。

しばらくしても作戦行動の詳細はおろか、どこに向かっているのかもまったく知らされず、仲間内でもそれを知る者は誰ひとりいなかった。無線も一切使われず防諜が徹底されていた。何もかもが極秘という状況から、これは相当大規模な作戦に参加するのだなとますます嬉しいような緊張感を覚えた。

私たちの乗った蒼龍は予想通り北へゆっくり進路を取っていた。どれくらいの時間が過ぎただろうか。北海道択捉島中部の単冠湾に錨が下りた。許可が出たので甲板に出ると雪に覆われた山々に囲まれている。私は自分の目を一瞬疑った。小島が点在する湾内には旗艦の《赤城》、《加賀》、《飛龍》、《翔鶴（しょうかく）》、《瑞鶴（ずいかく）》と我々の乗る《蒼龍》、計6隻の航空母艦に加え、戦艦、巡洋艦、駆逐艦、潜水艦と総勢で30隻あまりの船が一堂に集結している。まさに日本海軍の全艦が勢揃いしたかのようだった。

それから間もなくして、旗艦の赤城に各艦の幹部が集められ、そこで初めてハワイ、オアフ島の真珠湾軍港を攻撃することが告げられた。私たち蒼龍の戦闘機隊は飛行長の楠本幾登中佐から作戦の内容を聞いた。

「今アメリカとの交渉が険悪な状態になっている。何とか外交でまとめようと努力はされているが恐らく決裂は免れないであろう。その時には宣戦布告となるからハワイの傍まで忍び足で行く」

私たちはそこでやっとアメリカと一戦交えることを知った。

軍人とはいえ、毎日飛行訓練ばかりしている下士官の我々が世界の情勢をすべて把握していたわけではないが、パネー号事件のこともあり、その頃すでに仮想敵国だったアメリカをはじめとしたＡＢＣＤ包囲網によって孤立状態にあった日本が資源の供給に苦しんでいたことや、来栖大使と野村大使による日米交渉も上手く進まず、その一方で、日本の南方進出も拡大しアメリカの日本に対する警戒がますます強まっていることも知っていた。日本への石油の輸出が全面停止となっていたことからも、私は近い将来、経済大国アメリカと戦争をやる時がくることを覚悟していたので、「いよいよ働きどころがきたな」と武者震いした。

第一航空艦隊の長官、南雲忠一中将からハワイ空襲を伝えられた各艦の幹部から全員に作戦が伝えられ、単冠湾で3日間ほどの間に全艦準備を整え、充分な燃料補給をして、11月26日、ハワイの真珠湾へと向かった。

この真珠湾作戦は山本五十六司令長官の立案、指導と後に聞いたが、館内放送による命令伝達においても山本司令長官の名前が出た記憶はない。

これだけの大艦隊が動くのだから並大抵の航路では敵の商船などにたちまち発見されてしまう。そのことから、この季節ひどく海が荒れるにも関わらず北航路を選んだようだ。私が乗艦した蒼龍は佐伯航空隊の27機が乗る第二航空戦隊の旗艦で、司令官は山口多聞という大変穏やかな風貌をした方だった。しかし、幼少時の名前から「多聞丸」と異名を持ち、鬼か魔物のように恐れられる怖い方だったらしい。私は直接お話をしたことはないが、遠目で見ても厳格で素晴らしい人格者であることは姿形に現れていた。すでに中国戦線において爆撃隊の指揮官をされており、山本五十六司令長官同様、航空兵器時代の到来を説いていた方だった。

私たち戦闘機乗りは、真珠湾に向かう艦内でアメリカの保有する戦闘機の、そして艦爆隊、艦攻隊は敵艦の識別訓練を中心におこなった。

大国アメリカとの戦争に、微塵も不安や恐怖がなかったと言えば嘘になるが、大艦巨砲主義だった戦争の根本とされた時代から航空戦力の時代へと移りゆく背景に「我々には無敵の零戦があるのだ」という自信が士気を高めた。負ける気がしなかった。

艦攻、艦爆の搭乗員も難度の高い訓練を積み重ねてきたので、いつ出撃命令が降りても「任せておけ」という余裕さえ見せていた。案の定、北の海は激しく荒れる日が続いた。我々の乗る空母や大型戦艦はその中を静かに航行したが小型の戦艦や駆逐艦の揺れはさぞかしひどかったことだろう。

真珠湾攻撃当日の作戦行動において、私の小隊の配置は軍港への攻撃隊ではなく、艦隊の上空哨戒だった。この配置には耳を疑った。私は、てっきり艦攻隊、艦爆隊の護衛をして攻撃隊に配置されることを想定していたので、どうしても納得がいかなかった。この時ばかりは第5

分隊長の菅波政治大尉に「何故、攻撃隊に加えて頂けないのですか？」と直訴した。すると菅波隊長は「攻撃している間に母艦がやられたらどうするんだ。艦隊が攻撃を受けた時に守るのがお前だ。こっちの任務の方が大切なんだ」と言った。私は奥歯が折れるほど歯を食いしばっていた。すると「お前の様な下士官の古手が残っていないと駄目なんだ」と言われ、「喜んでやります」と涙を呑んで引き下がるしかなかった。

昭和16年12月7日の晩は酒が振る舞われた。皆と酒を飲むのが好きな私だったが、この時は悔しさでとても酒どころではなかった。攻撃に行く人たちは皆、高揚しており、仲間同士の気運を高め合うように軍歌を歌い、羨ましい光景だった。中にはよく眠れない人もいたようだが私もまた悔しさのあまり眠ることができなかった。

昭和16年12月8日夜明け前、作戦決行となり出撃の命令が下った。蒼龍からは先ず我々上空哨戒の3機が飛び立ち、我々が見守る中、第一次攻撃隊が戦闘機、艦攻、艦爆の順で次々に飛び立った。日本の行く末を背負い、朝日を浴びて大編隊が大空を飛翔していく様は実に壮麗で、私は未練がましくもしばらくの間、攻撃隊に付いて飛んだ。

2時間交代で計5回の艦隊の上空哨戒があり、1回目と3回目を私の小隊が担当した。私の小隊は2番機長沢源造君と3番機岩淵良雄君で編成された。私は飛んでいる間も攻撃にいって暴れ回りたいというジレンマに陥っていた。実際、航空戦においては守ることのほうが難しい上に、戦果がどれだけ上がるという派手な仕事ではない。攻撃をするほうは、守り側の意表を突いたり死角から襲いかかってくる。それをいち早く察知しなければ、たちまち敵の機銃掃射を浴びせられてしまう。空中では前後左右上下、すべてを気にしなければならない。特に下や後ろは、操縦席からの広大な死角となるので飛行機を揺らしたり、横反転してそれを補い、見晴らしを確保する。

「攻撃隊には参加できなくとも何機でもいい、艦隊を襲ってこい。必ず俺が仕留めてやる」

列機の2機とがっちり編隊を組んだまま、いつでも攻撃に入れるように丁寧に飛んだ。時計の針が止まるような長い一日だった。この日に味わった難しい感情は胸をしめつけた。

結局、予想されていた敵襲もなく、無事に任務を終えることができた。次々に空母に帰還した攻撃隊は、飛行機から飛び降りると、戦果の報告をしながら肩を叩き合ったり、中には興奮のあまり飛び上がってはしゃいでいる者もいた。私は取り残されたような気持でそれを眺めているだけだった。

その晩は賑やかな酒盛りが始まったが、この日も私は酒を飲む気にはなれなかった。仲間たちは自らの手で挙げた戦果に酔いしれていた。皆が騒いでいる中でしょんぼりしている我々の他に、しんみりと酒を飲む姿もあった。聞けば第6分隊長の飯田房太大尉は燃料切れを手信号で伝え「後を頼む」と敵の格納庫に突入して自爆したらしい。その2番機の厚見君は大分で私と一緒に訓練をしていた人だったが、敵戦闘機グラマンと交戦し撃墜されてしまった。

3番機の石井君は、空戦では無事だったが、攻撃後に集合地点に戻るも皆引き揚げた後で、ひとり艦隊を見失い、母艦へ電波の発信を求めたものの、母艦は「電波発信をすれば位置を露呈することになる」という理由から電波を出すことができず、「我機位ヲ失ス。反転自爆ス」との無電を最後に、消息を絶ったらしい。

後に私も、この石井君のような状態を体験することになるのだが、ここで当時の一般的な戦術について触れておこう。

空襲の攻撃時間には制限があり、任務遂行後あらかじめ決めておいた場所に集合して、そこで待機している誘導機の後に付いて母艦に帰るというのが常であった。誘導機には指揮官が乗っていて、攻撃隊が地上攻撃や空戦をしている間にどれくらい敵に損害を与えたかという戦果を確認する任務も担っている。航空母艦は攻撃目標の近くまでは行くのだが、近くといっても500キロから250キロくらいまでで、攻撃隊が発艦した後に、攻撃目標から遠ざかることもある。艦攻、艦爆のようにふたり乗り、3人乗りの飛行機には航法専門の者が乗っていて、風力や風向きを測る機械を搭載しており、天測もできるので自分の位置がはっきりとわかる。帰る母艦がどういう動きをしているのかも大体知っている。しかし、戦闘機はひとりなので、航法は一応やるが辿りつけないことがしばしばある。波の立ち具合を見て風力や風の方向を読み取るのだが、進行方向が僅かに狂うだけで400キロも飛べば相当位置がずれてしまう。はぐれた場合には、母艦にクルシー（電波帰投装置）で電波を要求しなさいと言われていた。母艦から出す電波を捉え、それに乗ってこれば母艦には帰れるのだが、戦闘中は電波を出すと母艦の位置が露見するため電波を出されないことも多かった。

戦後、母艦の乗組員だったという人に聞いた話だが、月の出ていない漆黒の洋上で、電波が出せず帰艦できない零戦を大勢の乗組員が飛行甲板に出て帰りを待ったそうだ。そろそろ皆が諦めて艦内に戻ろうとした時に、零戦のエンジン音が聞こえたので、皆で「ここだ、ここだ」と叫んだり手を振ったりしたが、その零戦は、闇夜の海に浮かぶ母艦を見つけることができずに通り過ぎて飛んでいってしまった。しばらくすると洋上の彼方で着水する音が聞こえた。燃料が尽き墜落したのだろう。その甲板で悔し涙を流したことが頭から離れないそうだ。攻撃に成功したとしても、ひとつ間違えば海の藻屑となるしかない。

猛特訓を積んだ村田さん率いる雷撃隊の正確な攻撃の話や、零戦でグラマン2機をあっという間に叩き墜とした武勇伝などが飛び交う中、一体どんな空襲だったのだろうと私は耳をそばだてて攻撃隊の仲間の話を聞いていた。すると航空母艦を叩けなかったのは残念で仕方がないという話が聞こえた。軍港に停泊しているものと想定していた2隻の空母がなかったという。航空兵器こそがこれからの戦争の主役になるという場面で、相手の航空母艦に被害を与えずして本当に大丈夫なのかと、私だけではなく、下部組織の中にも手放しで喜べない者もいた。

これは後で聞いた話だが、真珠湾攻撃において戦艦と陸上にあった航空機、飛行場には甚大な被害を与えることに成功したが、航空母艦が偶然なのか攻撃を察知していたのか、空襲を免れた。このことにはアメリカ側も胸をなでおろして喜んだようだ。

また、第2次攻撃で叩き逃した燃料タンクをもう一度攻撃する必要があると、山口多聞第二航空戦隊司令官は提案したが、南雲長官はその提案を採用せず、引き揚げさせたということだ。その時内地で指揮を執る山本五十六司令長官は、現場の判断に決定を任せたという。

さらに手違いによって宣戦布告が遅れた為、「奇襲攻撃」とアメリカ国民を激怒させ、戦争遂行に世論が一致しアメリカを勢いづける結果となった。またこの時、攻撃隊が撃沈した戦艦群も湾が浅かった為に引き上げ修理がおこなわれ、大戦後期には戦列に復帰していた。

この晩、攻撃隊の仲間たちの酒盛りを見ながら、手柄のひとつも立てられなかった私は、「次は絶対に暴れてやるぞ」と悔しさに震えていた。

ハワイ攻撃の3日後、12月11日、精は長男を産んだ。私はそれを知る由もなかった。私たちの乗る蒼龍と飛龍、すなわち第二航空戦隊は真珠湾攻撃後、本隊と離れ、内地には戻らず苦戦していたウェーク島攻略作戦に参加した。

12月21日、私は攻撃隊に参加したが敵戦闘機の迎撃はなく拍子抜けした。

翌12月22日、艦攻33機を我々蒼龍の戦闘機隊6機で護衛した。この時、母艦から発進して編隊を組み、目標に向けて航路に入った途端に2機のグラマンが急降下で攻撃してきた。私たちは「あっ!」と思ったが、直後に誘導機が火だるまになった。敵を発見した時にはすでに間に合わなかった。見方機の墜落を目の当たりにしたのはこれが初めてである。何日も寝起きを共にした仲間が一瞬にして炎に包まれハラハラと力なく墜ちていく光景はあっけなく、現実味を感じなかった。

私にとっては実際の空戦もグラマンも初めてだったが、少しも怖いと思わなかった。零戦を信頼していたし自分と零の相性が余程合うのか、まるで身体の一部のように目を閉じていても制御できるほどになっていたからだ。どんな相手とやっても負ける気がしなかった。

とにかく空戦においてはいかなる場合も、先制攻撃を受けている時に敵の発見が遅れれば第一撃は必ず受けてしまう。攻撃は最大の防御とはよく言ったもので、大空では雲以外の隠れ蓑はない。ただし雲の中ではこちらからも相手が見えないので、待ち伏せができるわけではない。城壁や盾のない大空での戦いは、敵を先に発見し、死角から攻撃を仕掛けることが最も有効であり、その第一撃の餌食になるかならないかは、相手の第一攻撃目標とされているかどうかで決まるのだ。

私たちも直衛していた小隊と共に急降下して逃げるグラマン2機を追ったが、飛龍から飛んだ岡嶋大尉と田原飛曹が撃墜したため、私の出る幕はなかった。

最初の空襲で艦攻2機を守りきれなかった蒼龍の藤田小隊長は、後日私たちの見ている前で大目玉をくらったが案外ケロっとしていた。

先述の通り、死角から襲ってくる第一攻撃をかわすことは不可能であり、敵も馬鹿ではないのだから、見つかり易い所から来るわけではないのだ。たったの2機で確実な攻撃方法を取り、艦攻2機を墜とし、その後は討ち逃した戦闘機隊に追われることを承知で任務を果したグラマンは、実に勇敢かつ無謀と言えよう。空戦において先に後ろを取られることはそのまま死に繋がる可能性が高い。それをわかっていて襲いかかってきたのは我々の零戦を余程なめていたのか、腕に逃げおおせるだけの自信があったのか、もともと最初から捨て身でかかってきたのか、私の知るところではないが、敵ながらお見事と言うしかない。

この空戦で我々海軍は、金井昇という、日本の至宝と呼ばれた水平爆撃の名手を失った。4000メートルの高高度からでも目標に命中させることができたという、ハワイ攻撃で第一次攻撃隊水平爆撃隊嚮導機(きょうどう)を務めたこの飛曹の惜しまれる死は、全軍に布告され、海軍全隊で喪に服した。

私も母艦に帰った時に、柳本艦長に「何故守れなかったんだ」と随分叱られた。柳本大佐は、昔の侍のような雰囲気がある方だった。飛行甲板から艦橋を見上げると、日本刀で素振りをしている姿が度々見えた。その厳しい見た目とは真逆の性格で、普段から下士官兵にも気さくな態度で接する方だった。この時ばかりは大目玉を食らったが、私の小隊でミッドウェーまで2番機を務めていた岡本君などは、この時の出撃直前に「金玉を触ってみろ。伸びていればいいが、縮こまっているようじゃ駄目だぞ」と言われて、ガチガチに緊張していた身体から無理な力が取れて自分らしい飛行ができたそうだ。私はこの上官が大好きだった。この人の下で働ける巡り逢わせというものに感謝していた。グラマン2機の攻撃は、どう考えても防ぐことはできなかったが、それでも守ることのできなかった自分を悔やんだ。

昭和17年1月、内地に一旦戻ったものの、燃料、食糧、弾薬等を補給した我々の乗船する蒼龍を含む艦隊は、ほぼ休む間もなく南方作戦に出撃した。

2月19日、赤城、加賀、飛龍、私の乗る蒼龍の4隻の空母はセレベス島ケンダリー基地に進出し、オーストラリアのダーウィン港などを空襲した。この時は船舶への攻撃で、私の任務は爆撃隊の掩護だった。私たちは当時「空飛ぶ要塞」と呼ばれていたB17と遭遇した。その大きな機影を目の当たりにするのは初めてだったが戦い方はわかっていた。

私と同年兵でベテラン搭乗員の山本君から、中国戦線において何度もB17と戦い痛めつけて追い払った話を聞いていた

「B17のようなたくさんの機銃座のある攻撃機とやる時は、必ず相手の機銃掃射を受けながら

の攻撃となる。こちらの弾が届くより、相手の弾が先に飛んでくるから、それをかわしながらの攻撃となる。だから機を滑らせるんだ。滑らせればこちらの命中率も落ちるが、自分の着弾がどのくらい滑るのかを把握して修正をすれば当たる。向こうは、こちらが真っ直ぐ飛んでくると思って撃ってくるから相手の弾は横に逸れてしまうよ」

飛行機を滑らせるというのは、機首の向いている方向ではなく、斜めに飛ばすことである。敵は機首の向く方向、またその少し先を狙ってくる。実際にはそちらに飛んでいないから弾は当たらない。佐伯で零戦に乗るようになってから、その滑らす飛行を完全にものにしていたのでB17に列機と連続攻撃を仕掛けていった。B17の機銃の先から激しく閃光が見えるので恐怖心はあったが、山本君の忠告通り滑らせて、7.7ミリ弾を撃ちまくった。20ミリ弾はすぐになくなってしまったが、列機の2機と共に攻撃と避退を繰り返した。しかし難攻不落といわれたB17を墜とすことはできなかった。

初日に9隻の船舶を沈め甚大な被害を与えた私たちは、占領したケンダリー基地に腰を据えて何度も空襲を続けた。ケンダリー基地はオランダ軍の兵舎だったが、そこではおかしなことが続いた。

深夜に兵員がうなされたり、急に大声を上げ跳ね起きて抜刀して暴れたりするなどの怪奇現象が続いた。このような話が南方各地の海軍航空隊に広まり、ケンダリーの幽霊と称された。

しまいには入院患者も出ていたので、軍医や専門家が調査までしていた。

後になって考えてみれば、連日の実戦による心と身体の疲労から、すでにノイローゼ気味になっている兵隊が幽霊や亡霊の噂話に怯えた結果、幻覚を見るようになり、精神が崩壊したのではないかと思う。

その後も東南アジア各地を転戦し3月26日にケンダリーを出港、シンガポールから脱出したイギリス東洋艦隊を駆逐するためインド洋へ向かった。アジアに多くの植民地を持っていたイギリスは、南下する日本軍から自国の植民地を防衛するため、戦艦《プリンス・オブ・ウェールズ》と巡洋戦艦《レパルス》を派遣していたが、開戦後間もなくその2隻を日本海軍機があっけなく沈めてしまった。それに驚いたイギリスがセイロン島（現在のスリランカ）にハリケーン戦闘機を大量に送りこんでいるという情報を日本軍が掴み、我々に出撃命令が下った。

そしてイギリスは、日中戦争の頃から援蒋ルートを通じて蒋介石の率いる中国国民党軍にアメリカ、ソ連と共に支援物資を送っていた。この輸送ルートには、フランス領インドシナを通る仏印ルート、ソ連からの西北ルート、そしてセイロン島を通るビルマルートがあり、日本軍はこのビルマルートを断つと共に南方作戦を妨害させないようセイロン島軍事施設の破壊計画を遂行したのである。攻撃はセイロン島のコロンボとトリンコマリーに対しておこなわれ、我々はコロンボの空襲部隊に割り振られた。

第5章　必勝の信念

昭和17年4月5日、日の出の30分前にセイロン島南方120海里（220キロ）からコロンボの制空に出撃した。赤城、蒼龍、飛龍、翔鶴、瑞鶴を発艦した艦攻艦爆92機と零戦36機の大編隊はイギリス海軍の重要拠点であったコロンボ港を目指した。コロンボ上空には日本軍の来襲を察知していたイギリス空軍ホーカーハリケーン部隊が待ち構えていた。この時、ハリケーンに奇襲された艦爆隊6機は、たちまち撃墜されている。私は列機2機と他の小隊と共に直ちに空中戦に入った。ホーカーハリケーン36機、フェアリーフルマー10機は全力をもって我々無敵の零戦隊に挑んできた。しかしそれは最初だけで、同じ方向に逃げ出し、私たちはそれを追う形となった。

私たち零戦隊を味方の対空陣地におびき寄せようという作戦なのか、零戦の性能を知っていて敵わないと判断したのか、全速で逃げていった。私たちは「ホーカーハリケーン部隊を殲滅せよ」と命令を受けていたので、敵機すべてを撃ち墜とすことに全身全霊で挑んだ。格闘戦（ドッグファイト）に強い零戦は、限界点での高速飛行には機体にかかる負荷が大きいので、スピードで追いつこうとはせず、7.7曳痕弾を敵の行き先に撃ち込んで、敵を蛇行させる方法を取った。敵は7.7をかわしながら蛇行を繰り返す。徐々に敵との間が詰まり、照準限界の２００メートルまで接近したら撃つのをやめて、相手との距離が１００メートルを切ってから20ミリ弾を発射する。２００メートル先からでは余程射撃の上手い人が撃っても、じっとしていない敵に命中させるのは至難の業だ。私は先輩たちからも「お前は目が据わっていないから当たらないんだ」と言われ、「よし、それなら！」と酒を飲んで射撃訓練したこともあり、射撃が上手くないことを自覚していたので、できるだけ相手に接近し少ない弾数で相手を撃ち墜とすことを決めていた。ただ、１００メートルから撃ち始めて命中した時には、敵の機体と10メートル、ギリギリをかわすことになる。時には相手の顔が風防越しに見える。恨めしそうな真っ赤な顔と目が合うこともある。ほんの一瞬のその表情がスローモーションのように目の奥に焼きついてしまう。逃げる敵を後ろから追い回して撃ち墜とすのは決して気持ちの良いことではない。しかし当時の私は真珠湾攻撃の攻撃隊に参加できず、上空哨戒をしている時に溜まりに溜まった悔しさも後押しをして、逃げ惑う敵を撃墜することだけに身体が反応していた。

相手を撃ち墜とした時にまず感じることは「よかった。俺が堕とされなくてよかった」という安堵感。そのすぐ後に「俺の腕は確かだ。狙いが正確だった」という優越感。そのふたつの感情が頭の中に走る。そして火だるまになった相手が確実に墜ちていくのを見届けている時には、相手の恨めしそうな顔が何度も浮かび上がり、人間として最悪なことをしている気がした。

この日、私は共同撃墜も含め5機を葬った。零戦の圧倒的な性能と日頃の訓練がものを言った。相手の飛行機を撃ち墜とすこの日を夢見て厳しい訓練を積み、それを実現できたにも関わらず、心から喜んでいない自分に苛立ちを覚えた。

相手をほぼ全滅させ、集合地点に集まる時間になった頃、フェアリーフルマーという複座戦闘機が視界に入った。動きの鈍い戦闘機なので、これも墜としてやろうと列機と別れ、単独でそれを追った。すぐにその飛行機に追い付き、撃ち墜として集合地点に戻るつもりはあったが、20ミリ弾を撃ち尽くしていたので7.7ミリしか弾はない。弾は当たるのだが、なかなか墜ちてはくれない。敵はふたり乗りの戦闘機にひとりで乗っており、かなりのベテランと見えて飛行機を滑らせているので、命中率が低い。このフルマー1機を墜とすのに、かなりの時間を費やしたが、ようやく煙をあげて田んぼに突っ込んでいくのを確認し、慌てて集合地点に引き返した。

攻撃に行く前には指揮官から集合時間を守り深追いはするなと毎度のように言われていたし、真珠湾攻撃で帰還できなくなってしまった石井君のこともあったので、「まずいな」とは思いながらも、こいつを撃ち堕としたら戻るという意地が優先してしまい、かなり遅れてしまった。

案の定、味方機はどこにもいない。母艦が電波を出すのは艦隊の命取りになるということも承知していたので、電波を出してくれと要求はしなかった。この時は、いつも見慣れている水平戦と空だけの世界がさらに広く感じ、万にひとつも、自分ひとりでは母艦には辿り着けないことを悟った。空戦で全速飛行をした為、燃料も残り少ない。私は風防を開けた。操縦席に吹き込む春の風が、びっしょり掻いた汗を一気に冷ましてくれて心地よかった。その心地よさに、しばらく目をつむった。真っ先に浮かんだのは大分の物干しから私を見上げる精の姿だった。

1分くらいだろうか。目を閉じていた。母艦に帰ることを諦めた私は、撃墜したフルマーを確認しに、その場所に戻ることを決めた。その近くに敵の軍事施設や破壊すべき目標があれば、そこに突っ込んで自爆することを思いついたからだ。田んぼにはフルマーがあった。両翼を残し不時着したフルマーからは濛々と煙が出ていた。それにぶつかっても仕方がないので、他の自爆する先を探していたが、田んぼや小屋が点在するだけで、周りはジャングルなので、相応しい場所が見つからない。途方に暮れて飛び続けていると後ろから一機の零戦が近づいてきて、私の横にピタリと着けた。赤城の艦載機の印であるAのマークとバンドがひとつ付いている。操縦席では若い顔がニコニコと笑っていた。私の小隊長機マークを確認して喜んで着いてきたようだ。私が目を合わせると、3本指を立てて振っている。「3機撃墜しました」とニコニコして報告しているのだ。私よりもさらに深追いをして、集合時間に遅れたようである。

これで私は死ねなくなった。「この若者を死なせてはいけない」という使命感を抱いたからだ。ふたりの方が母艦を発見する確率が高くなるという、微かな希望も湧き上がった。

我々は高度を4000メートルに保ち、計算して帰途についてはみたものの、眼下の海原には一向に母艦は見えてこない。航法の訓練は何度もしていたが、一人乗りの戦闘機乗りというものは、どうしても敵を撃ち墜とす空戦に重きを置くので、航法の訓練を疎かにする者が多く、どうやら私同様に隣の若い搭乗員もそんな様子だった。

少し離れてみようと合図をして母艦を探すが、雲と海以外は何もない。燃料が、どんどん減ってくる。先ほどまで自爆しようとしたにも関わらず、味わったことのない不安な気持ちに襲われた。殆ど燃料が底を尽き始めた時、この世の最後の眺めとなるであろう空を、ゆっくり見回した。

するとその断雲のひとつが母親の顔のように見えた。それまで私は母親を思い出したりすることは一度もなかったのだが、その母親のように見える雲に、自然に機首が向かった。雲に浮かんだ母親の顔が見る見る輪郭を際立たせ、「こっち、こっち」と導いているような気がしたので、吸い込まれるように零戦で飛び続けた。しばらく飛んでいると、再び隣に着けていた赤城の零戦が、ほぼ真下に反転し、墜ちていった。遂に彼の燃料が尽きたかと思い眼下を見ると、彼は急降下していた。その先に3隻の母艦が見えた。反射的に機を翻し、我が家である蒼龍を視認し、操縦席の中で大声を張り上げていた。その時に何を叫んだのか覚えてはいない。小躍りするほど興奮したにも関わらず、身体に染み込んだ正確な操作で緊急着艦していた。私を迎えてくれた大勢の同士や後輩は操縦席の横から「よかった、よかった」と口々に叫んでくれた。皆に心配をかけてすまなかったという気持ちから敬礼をしながらひとり一人に頭を下げた。零戦をエレベーターの近くに停めた時には、燃料計がゼロを指していた。

蒼龍に着艦して帰還を報告すると、いきなり上官のきついお叱りを受けたが、仲間たちは帰還を喜んでくれて、私がどうやって戻れたのか聞くので、母の雲が導いてくれたと話すと、あり得ないことだと皆が明るく笑った。すでに酒が入っている人もいて、ハリケーン部隊撃滅の手柄話や零戦の性能がいかに素晴らしいかなど大騒ぎになったが、ほとほと疲れ切っていたので先に部屋に戻り、横になった。

寝床に戻ると何人かはいびきをかいて寝ていた。私に気付いて「おっ、原田さん、戻れたんですね？　よかった」と言ってくれる人もあった。こういう時に、皆と騒いでいない人は、自分の小隊の親密な仲間を失ったり、すでに戦争に恐怖心や嫌悪感を抱いていながら辛抱して戦っている人が多いので、私は敢えて自分から関わらないように、その人たちとの距離を縮めないよう意識していた。私も恐怖心がまったくなかったわけではないが、子供の頃から憧れてなった軍人として、いかに立派に与えられた仕事をするか、それを変えるつもりは、この時点では微塵もなかった。だから元気な兵隊とは親睦を深め、零戦の操り方や敵を追い詰める方法などの話を楽しんでいたが、落ち込んだ兵隊を慰めたり、話を聞いてあげるようなことは無意識に拒絶していた。

寝床に横になると、すぐに眠れはしなかったが、全身の硬直が溶けていくような感覚に包まれた。あの母の顔に見えた断雲は何だったのだろう。私を導いてくれた不思議な力は何だったのだろう。赤城の艦載機がギリギリのところで私を見つけ隣に並ばなければ、私はどうしていたのだろう。私は答の見つからない偶然の重なりに感謝しながら、心地よい痺れの中で眠った。

私の母は明治生まれのまったく学問のない、優しさと辛抱強さだけが取り柄の女性だった。学問をひけらかしては人を困らせることが好きな父とは正反対の性質で、私はあまり母から何かを教わった記憶がない。ただただ家を守って家族のことだけを考え、献身的に日常を過ごしていたのだろう。口うるさい父や、信心深い祖母に多大なる干渉を受けて成長した私は、母の存在を重んじてはいなかった。しかし戦争中、幽霊のように私の前に現れて、助けてくれたのは、この時だけではない。それを思うと、母親の存在は意識しているそれより、遥かに大きなものであると実感せざるを得ない。それを確証したのは、それから何十年もたってからのことだ。

当然のことながら、私たち人間は誰もが女性から生まれいづる。子を宿した女性は、10ヶ月の間、身体の中でその子の成長を感じ取り、身体機能は、子を育てる為に無我夢中で働く。その子が生まれる時には、絶叫するほどの痛みを伴いながらも、出産の直後には、幸せと安堵の微笑が溢れ、しばらくするとお乳を与え続ける。

まだ自分が何かもわからない乳飲み子を見つめる母と、じっと母を見つめる子の間にあるもの。それが私は平和の原点であると考えるようになった。人間の世の中で一番崇高な光景は、それではないかと思うのだ。

母は子供が欲しがれば、すぐに胸をはだけて乳を出し「いっぱい飲めよ、大きくなれよ」と自分をすべて捧げるほどの愛情を子に注ぐ。それを一心不乱で力の限り吸収しようとする子は、やがてその人と自分の間の絶対的な関係を信じ、喜びを目で伝えるようになる。この時の母の瞳と子の瞳の間にあるものこそ、人類、生命、社会、地球にとって最も大切にされねばならない美しい事象だと思う。

時代がいくら移り変わっても変わることのない無意識の平和な状態、これをすべての人が忘れず、大事にすれば、いつか憎しみや戦争という悲劇の幕は下りるのではないだろうか。

インド洋作戦は、その後もしばらく続き、セイロン島のトリンコマリーに停泊していた英空母《ハーミーズ》を撃沈、その他の戦艦や駆逐艦、タンカーなどを沈めて大戦果を収め、4月半ば、一旦内地に帰還することになった。

こうして丁度日本軍が各方面で戦果を上げ、破竹の勢いに乗っていた4月18日、日本への初の本土空襲が、アメリカのB25爆撃機によっておこなわれた。アメリカも守りを固めながら優勢を維持した日本に一矢報いようと敢行した苦肉の作戦だった。戦果を上げる目的ではなくアメリカ国内及び軍での戦意の高揚を狙った作戦で、本土空襲といっても、ドーリットル大佐率いる16機の中型攻撃機Ｂ25が、軍事施設のある主要都市の東京、横須賀、川崎、名古屋、四日市、神戸にわかれてささやかな爆撃をした程度であったが、日本側は完全に隙を突かれ、迎撃に上がった戦闘機はＢ25を全機取り逃がしてしまった。

そのドーリットル空襲をアメリカ軍が必死の思いで計画したことは内容からもよくわかる。普段は陸上からしか発着しない大型のＢ25を無理矢理空母《ホーネット》に組み込み、忍び足で日本近海に近づき、目標物をしっかり定めず、通り魔のように大胆に爆撃して逃走するという、今から考えると大変無茶な攻撃だった。

インド洋作戦から帰還途中の山口多聞司令官率いる蒼龍、飛龍に、内地の戦闘機を振り切って逃走したドーリットル隊の追撃命令が下った。しかし、ドーリットル隊は空母ホーネットには戻らず、どうやら台湾方面に降りたらしい。日本近海に来ていたホーネットはドーリットル隊発進後に逃げているので、どちらも追撃は不可能と判断され、その作戦は中止となった。Ｂ25での空母への正確な着艦はどう考えても無理だろうから台湾などの飛行場に帰るのは当然だ。それを深追いしても、迎撃に会う可能性が否めなかったからだ。

これは後にわかったことだが、この日の本土空襲において、物質的被害は軽微だったものの、連戦連勝を聞かされていた国民と軍の上層部に与えた衝撃は大きかったそうだ。というのも、真珠湾で米空母を討ち逃したことの重要さがここになって浮き彫りとなり、再び本土が空襲にあう可能性が充分にあることを悟ったからである。飛行場や基地が攻撃にあうことは軍にとって大きなダメージとなるが、それ以上に、国民総動員で兵器増産に全力を注ぎ込んだ兵器工場への空襲を恐れていた。当時は、狭い国土と限られた物資を極限まで有効に使い、少年少女たちまでもが日夜兵器の増産に心血を注いでいた。当然アメリカにはその場所も工場の規模や機能もこの時点ですでに漏れていただろうから、いざ高高度からの防ぎようのない爆撃を受ければ、たった一発の爆弾でも日本の軍事力増強に大きな影響を及ぼしてしまう。それほどに兵器工場は戦争において最重要な施設でありながら、敵の空襲に対して無防備に等しかった。いくら近海の敵の基地を制圧しようとも、機動力のある航空母艦から大きな爆弾を積める爆撃機が、いつでも日本本土を襲撃することが現実に起きるかもしれないとわかった今、真珠湾で敵の航空母艦が叩けなかったことをあらためて悔いると共に、敵空母撃沈に対する気持ちは高まり、それが若干の焦りに似た空気を含んでいたように思う。蒼龍の中でも早期に敵空母を叩いておけばよかったという話題が再び飛び交っていた。山本五十六長官が予言していた通り、戦争は航空母艦と飛行機の時代に突入していたことを実感した。

ドーリットル隊を追撃する作戦が中止になり、我々は再び内地へ航路を戻した。

第6章　ミッドウェー

内地に戻った我が第二航空戦隊の蒼龍と飛龍では、補給や各所の整備調整点検作業が速やかに始まった。私たち戦闘機の搭乗員は訓練もなく、しばらくゆっくり身体を休める余裕があったので、その間に帰郷を許され母と久しぶりに会った。母の顔に見えた断雲に助けられたこともあり、どうしても会っておきたいと思ったのだ。母はまったく軍隊のことを知らなかったのでひどく私を心配していた。私たち日本海軍の活躍を新聞等で知り喜んではいたものの、いつ命を落としてもおかしくはない息子を、久しぶりに目の前にした母は涙を浮かべて喜んでくれた。軍隊の生活は、どうなのかと尋ねてくるので、私も馬鹿正直に話をしてしまった。「入りたての頃は、軍人精神注入棒で朝な夕なに殴られたが、今はそうでもないし、先輩や上官にとても大事にされている。戦闘機隊の小隊長を任せられ、待遇も悪くはないので満足して張り切っているよ」と自分のことを言ったまではよかったが、母艦で自殺した兵隊の話をしてしまった。

その兵隊は第一航空戦隊の航空母艦赤城に乗っていたが、連日浴びせられる上からのしごきに耐えかねてノイローゼになり首を吊って死んでしまったのだ。その話をつい母親にしてしまったものだから、母は取り乱すほどに悲しんで私の手を握って倒れてしまった。

私が艦に戻る時に「また行ってきます」と家を出たのだが、しばらくすると母親が後を追いかけてきて私を呼び止め、それまでには聞いたことがない強い口調で「お前ねぇ、軍隊に戻ってどうしても駄目だったら、すぐ家へ帰ってこい。いよいよ困ったらねぇ、何がなんでも俺が待ってるから家へ帰ってこい。俺は絶対お前をかばうから無理をしてやることはない。俺、待ってるから。間違ったことをしちゃあいけねぇ。すぐ帰ってこい」と、私の両腕を掴んでせがむように言うので、心配しなくていいよとなだめて家まで送り帰した。

軍隊というのは一旦入ってしまったら、そんな簡単に辞められるような所ではないのだが、母親はそんなことも知らず真剣にそう考えているようだった。その母の姿を見て、これからは楽しい話はしても、悲惨な話は決してするものではないと心に決めた。

そして母親というものは、たとえ子供が一人前になっていることがわかっていても、いつでも自分を犠牲にして、何がどうなろうとも子供の命を守りたいということを知った。それ以来、母親の存在は何ものにも比し難く偉大なものであると、100歳になる今でも感じている。

実家での穏やかなたった数日間の生活の中で、私の頭の中に異変が起き始めていた。空戦で相手を撃ち墜としているうちに、いつの間にか自分が追われる方に回っていて、敵機から凄まじい攻撃を受けながらもまったく零戦が思い通りに操縦できなくなる恐ろしい夢を何度も見るようになった。ひどい時には火だるまになって墜ちていく間中、灼熱地獄の操縦席でもがくこともあった。この時には心配をかけてはならないと、精にもその夢の話はしなかった。実家での安心、そしてその悪夢のせいだろうか、蒼龍への帰路は少し足が重かった。しかし、艦に戻ると不思議なもので、蒼龍が我が家のように感じ、生まれ育った長野の実家がまるで親戚の家のような気がする。

蒼龍の乗組員たちは新兵以外皆それぞれに打ち解けており、このしばしの休息を楽しんでいた。酒好き、将棋好き、囲碁好き、話好き、唄が得意な人、ハーモニカを吹く人、人気者、嫌われ者、色々な人が戦闘の緊張から解放され、楽しい空気があった。

大型艦船には階級の高い人が大勢乗っているので常に陰湿なムードが漂っていたが、この時は日本軍が勢いづいていた時でもあるので、当時にしては珍しく、上官たちも気持ちがほぐれていたのだと思う。中にはそんな空気でも下の者を叱り飛ばしては皆から白い目で見られる人もあった。私は専ら人の話を聞く側にまわることが多かった。そんな中でも新兵は厳しくしごかれていたので、同年の仲間と口を利くことも少なく、ただ黙々と仕事をこなしていた。私は新兵時代に、上の人から大事にされた時の嬉しさを身を以てわかっていたから、叱られてしょんぼりしている新兵に気が付けば、なるべく声をかけるように努めていた。純粋なキラキラした目で見つめてくる若者に私がどう映っているかはわからないが、私が先輩から学んだことなどを手短かに話すと大概喜んでくれた。そして私は、新兵が安心して笑顔を見せてくれることを楽しんだ。この頃には、私の小隊の2番機の岡元高志君や3番機に乗る長沢源造君との関係もいっそう深まった。私の性格はもちろん、操縦や癖をすべて把握するほどに、ふたりとは親密な関係を築くことができた。

丁度その頃、山本五十六連合艦隊司令長官は周囲の反対を押し切り、ミッドウェー作戦の実行を決定していた。この作戦は、ミッドウェー島を我々航空部隊が空襲攻撃で制圧し、上陸した陸軍部隊が占領する一方で、出現必至なアメリカ機動部隊の空母を一気に殲滅するというものだった。山本司令長官は、開戦前から「長期戦になれば日本に勝ち目はなし」と断言していたそうだが、開戦から半年を待たずにドーリットルによる本土空襲を受けたことや、相手の生産力を考慮すれば、総力を上げて早い時期に敵を追い払わねばとの焦りもあったのかもしれない。

蒼龍の仲間の話では、休養中に近所の人からこう尋ねられたそうだ。

「海軍さん、今度はミッドウェーを落としに行くんだってね」

それを聞いた時にはさすがに驚いたそうだ。私たちにも知らされていない次の攻撃目標を、何故一般の人が口にしているのだろうと不思議に思い「さあ？次のことはまだわかりません」と答えるしかなかったらしい。実際にその時、私たちには知らされていなかったのだ。私はその話を聞いた時、そうやって情報を漏らして、敵の空母をミッドウェーに集結させておいて、総力を注いで敵の機動部隊を全滅させようということかもしれない、これは、えらいことになったものだと感じていた。

海軍記念日である昭和17年5月27日、充分な補給と休養で万全を整えた私たちは、高まる士気に満ちてミッドウェーへと出航した。

太平洋の覇権をかけ、日本とアメリカが総力を挙げて戦ったこのミッドウェー海戦は、その後の歴史を大きく左右する分岐点となった。それまで順風満帆で日本優勢だった戦局は、この戦いによってガラリとひっくり返り、以後、太平洋上の主導権はアメリカが握り、終戦までそれを覆すことはできなかった。この作戦はアメリカ太平洋艦隊の壊滅を目的とし、日本とアメリカの中間にあたるアメリカの前哨基地および燃料補給地であるミッドウェー島を攻略するというふたつの大きな目的を兼ねる、山本五十六連合艦隊司令長官考案の複雑なものであった。彼は「この作戦をやらぬなら自分が辞める」と言うほどに絶対的な自信を持っていた。「日本が負ける筈がない」と信じて挑んだこの戦いが、このような結果になった様々な経緯を、現場にいた私たちは知る由もなかった。当日までの間に、作戦の内容などは私たち下士官兵にもある程度詳しく知らされたが、想定外のことがこれほど重なった戦いは、恐らく日本海軍始まって以来のことだろうし、とにかく艦隊を守ることだけに集中していた私たちには、この日の上層部の混乱はまったく伝わってこなかった。日本軍の性質から、我々のような戦闘機の搭乗員は、与えられた任務を遂行する以外に頭や身体を働かせるのは言語道断の行為であると自ら釘を刺していたので、状況がどのように変わり緊急命令が出ても、それを深く追求しようなどとは思わなかった。「上がれ」と言われれば上がり、艦隊を護る、それに徹するのみだ。自分の目で見えていたことと、伝令で飛び交う時々の状況と、指示に迅速忠実に従ったことだけが私のミッドウェーの記憶である。

ここからは5月27日に広島を出航してからの私の視点だけのお話をしようと思う。ただしミッドウェー作戦の概要を把握した上で読み進めて頂ければ、今では想像を超える私の体験を、さらに現実的に受け止めて頂けよう。

海軍記念日。厳かに瀬戸内海を出航した私たちは、ミッドウェー作戦の大きな流れを知る。第一航空艦隊は南雲忠一司令長官の乗る赤城、加賀、飛龍、蒼龍の主力空母4隻と巡洋艦、駆逐艦で編成された。真珠湾の時に同行した第五航空戦隊の翔鶴は損傷しており、瑞鶴もこの海戦には参加していない。

今回、私の乗る蒼龍に山口多聞第二航空戦隊司令官の姿はない。同戦隊の空母、飛龍の加来止男艦長から「たまには飛龍に来てください」という何気ない一言に応じ、蒼龍を退艦して今回は飛龍に乗っていた。私の任務は艦隊の上空直衛だった。今回は真珠湾の時とは違い、必ず敵の空母からも基地からも、我々の上空に敵は襲来する。私は何が来てもまったくやられる気はしなかった。ついこの間、艦隊を見失った私は死んでいてもおかしくなかったのに、赤城の若者と母親の断雲に命を救われ、こうして今、再び日本の為に命を懸けて全力を注ぐ場があることに喜びを感じた。連戦連勝の仲間たちの殆どが、士気が上がるという状態を通り越していたのだろう。蒼龍の中には殺気じみた熱気がこもっていた。

艦爆や艦攻の搭乗員たちは、先制攻撃の目標について詳細な打ち合わせをしたり、鬼のような目をして黙りこくっている人もあった。

6月5日未明、私は2番機の岡本君、3番機の長沢君と共に空に上がった。息をひそめるように洋上を漂う艦隊は実に頼もしく、敵が来る気配もない。しばらく飛んでいると友永隊108機、第1次攻撃隊が次々に発艦していった。美しく整列した大編隊を見送ってから約2時間、上空哨戒を終えて一度着艦し燃料補給をした。いつでもかかってこいと気を張って飛んでいたので少し拍子抜けした。2時間も飛ぶと大概何らかの不具合が生じたり、また飛行機の微妙な調整不足に気が付いて整備の人たちにその調整をお願いすることがよくあったが、この日は零戦の調子も万全だった。

私たちの小隊を含む上空哨戒の搭乗員は敵の空襲に備え甲板で待機するよう命じられたので、朝のポカポカした心地よいひと時を、長沢君らと談笑しながら過ごした。海はとても静かだった。360度の水平線を眺めながら太平洋のど真ん中で、仲間と朝食のおにぎりを頬張り始めた時、戦闘ラッパが鳴り響いた。

「敵機来襲、上空の敵機を迎撃せよ」

私は、おにぎりを噛み締めながら見渡した。遥か彼方にポツポツと敵の雷撃機が視力2.0の肉眼で見えた。

「すぐ上がれー」

私が零戦の操縦席に飛び込んで緊急発進するまでの間、長沢君や岡本君とは顔も合わせない。数十秒後に私が都合のよい高度を保つと、両側後方にピタリとふたりは付いている。そこで初めてふたりと顔を合わせて、お互いの武運を祈る。正面から向かってくるアメリカの雷撃隊を確認。私は一発の魚雷も撃たせるものかと速力を上げた。私たちは次々に、これを撃ち墜とした。アメリカの雷撃隊は戦闘機の護衛もなかった上、操縦の技術もさほどよくはなかったし、魚雷の精度も低かったので、母艦に一発も魚雷を当てさせずにすんだ。敵の殆どを我々直衛機が撃ち墜とせたのは、零戦の性能が優れていたのもあるが、確実に敵の飛行技術が未熟だったことにある。満足な低空飛行をしていたのは数機のアベンジャーだけだった。それでも正面からの空戦で、私の機も相当敵の弾を浴びた。幸いエンジンや燃料関係には当たらなかったが、敵機の迎撃を終えて母艦に無事着艦すると、私の機は使いものにならないという判断で海に捨てられてしまった。それからすぐに次の攻撃隊が現れたので、私は予備の零戦で発艦した。2番機の岡本君も3番機の長沢君もピタリと横にいた。共同撃墜の数が増えたことで私たちはさらに自信をつけていた。

この兄弟以上にお互いを知るふたりは「隊長の考えていることは、風防ガラス越しでも、横顔を見るだけでわかりますよ。任せてください」と頼もしかった。私たちの小隊に限ったことではないが、よく使う戦法として、3機の先頭を飛ぶ小隊長機がリードして先制攻撃を仕掛け、相手の注意を引きつけている間に、2番機、3番機が死角から仕留めるという方法を用いることが多い。

しかし、この時私は大きな間違いをしてしまった。視界に入った敵機はいつでも魚雷を発射できる体制に入っていた。私は絶対にこいつに撃たせてなるものかと焦った。そして、その敵を確実に撃ち墜とす自信があった。自分の手で墜とさなければと過信してしまったのだ。直前に一機、単独で撃ち墜としたことも災いした。敵のアベンジャーは弱かった。こいつも何がなんでも俺が片づける。そう心に決める前に反射的に緩横転し、敵を追撃する態勢に入ろうとした。他の敵が見えてはいなかった。2番機、3番機も私に続いていたので慌てて緩横転したと思う。至近距離に3番機の長沢君が見えた。他の敵に背面を見せた私たちは、非常に狙われやすい大きな攻撃目標となっていた。

「しまった」と思った時には遅かった。私をかすめた弾を、奥に重なる3番機がすべて受ける形になった。私の両耳を、長沢機が受ける着弾のカンカンカンカンという乾いた連続音がつんざいた。

私の背中を冷たいものが走り抜けた瞬間、長沢機が爆発し火だるまになって墜ちていった。私の取った咄嗟の行動に必死で付いてきた列機が敏感に反応してくれたが、その為に私との距離が詰まってしまい回避できなかったのだ。私の自信過剰と焦りが、長沢源造という若い命の未来を一瞬で奪ってしまった。炎をひいて一直線に海に刺さる3番機を見て叫んでいた。そしてその先に炎を上げる蒼龍を視認した。夢を見ているようだった。低空で雷撃隊を中心とした部隊の始末に追われている間に、別の爆撃隊が高高度から艦隊上空に迫り、急降下爆撃を開始していた。赤城と加賀も炎上していた。上空から次々に突っ込んでくるドーントレス爆撃機に何としても一撃を加えなければと、そちらに機首を向けるが間に合わない。何とか食らいついて上昇しながら20ミリを浴びせるが殆ど当たらず弾が切れた。スズメバチのように猛襲降下してくるドーントレスに7.7ミリを撃ちっ放しですれ違うが、頑丈な敵機に効果はなく、爆撃機はどんどん避退していく。

「悔しい」

私は、兄弟以上の列機と、我が家の様な母艦とを一度に失った。狂うほどの悔しさをこの時初めて味わった。憎しみですべてを見失った。

その間上昇し続け、真っ青な空と太陽以外は何もない空間で口唇を噛んだ。翼がガタガタと揺れた。その時、「戻れ！」と雷を落としてくれたのは江島教官の獅子のような顔だった。

私は急降下して蒼龍を目指した。海原にはモクモクと黒煙が立ち込め、空母から炎が上がっている。夢ではなかった。蒼龍の上空では味方が何機か飛んでいた。旋回を繰り返して状況を確認したが、その間にも何度か爆発を起こし、炎は鎮まるどころか勢いを増している。甲板の消火活動中に吹き飛んだ兵隊もいることだろう。艦の周辺には脱出した兵や残骸が浮いている。私は初めての光景に見入った。同時に、はぐれた2番機の岡本君の零戦を探したが、その辺りを飛んでいる様子はない。蒼龍には着艦できない。赤城と加賀も同様だった。私は唯一着艦可能な無傷の飛龍に向かった。案の定、飛龍の上空では赤城、加賀、蒼龍から飛んだ戦闘機が旋回を繰り返し、迎撃しては自分の降りる順番を待っていた。その間にも燃料切れを起こした零戦が艦の近くの海面に着水したり、漏れ出した燃料に引火して空中爆発を起こしてしまう機もあった。私はこの時点で弾をすべて撃ち尽くし、燃料タンクにも被弾していたが運よく発火せず、何とか燃料が尽きる前に飛龍の甲板に着艦することができた。飛龍に降り操縦席から飛び出すと、私の2機目の零はまたしても修理不可能、火災を起こしかねないということで、すぐ海中に投棄された。甲板の状況は壮絶だった。換装中の魚雷や爆弾がゴロゴロしている中、次から次に降りてくる直衛機を誘導し、飛べるものは弾と燃料を補給して、すぐに上げる。甲板上の全員が走り回って叫んでいた。

「蒼龍から着艦した原田です。飛行機はやられました」と申し出た。

この時私は、もしも予備の零戦があれば再び空に上がりたいという気持ちから、それを一刻も早く甲板長に伝えたかったのだ。案の定、予備機などはある筈もなく「そうかよし、それなら発着艦指示の助手をやれ」ということになり、帰る母艦を失った零戦の絶え間ない着艦誘導を手伝った。

発着艦指示の経験もあったので、やることは充分に承知していたが、この時ばかりは何が何やらわからないほどにごった返しており、私が的確な着艦の合図を出せずにうろたえるばかりか、飛び交う伝令に反応が遅れ、まごついてしまい、それほど役に立たなかったので「原田さんは発艦に回ってください」ということになった。

私が発艦の手伝いをしようと空母の前方に走って向かった時、丁度、第2波攻撃隊として飛び立つ友永大尉を、今度は甲板から見送ることになった。数時間前に第1次攻撃隊隊長を務め、108機から成る大編隊を率いて悠々と攻撃に赴く友永大尉を上空で見送ったのが信じられないほど、今回の発艦は悲壮なものだった。

ここで第1次攻撃隊が発艦してからこれまでの概ねの経緯を説明しておこう。

第1次攻撃隊は本来ならば淵田美津雄中佐が総指揮官として出撃する筈だったが、淵田さんが虫垂炎になり友永隊長が総指揮官となった。この108機からなる日本軍のミッドウェー島空襲を事前に察知していたアメリカ側は島の殆どの飛行機を離陸させていた。攻撃隊は基地の施設や石油タンクなどをかなり破壊したものの、ミッドウェー島の戦力はいまだ健在し、重大な攻撃目標であった航空機を破壊できなかったことから、爆撃効果が薄いと判断した友永隊長は南雲機動部隊に「カワ　カワ　カワ」（第2次攻撃の要あり）と打電した。この報告を受けて第2次攻撃隊の武装を航空母艦並びに艦隊への攻撃を想定した対艦用の魚雷から、対地用の爆装に転換する作業が始まった。

魚雷から爆弾に乗せかえるのは容易な作業ではない。それぞれの懸架装置も交換装着する必要があり、約1時間から1時間半を要する。魚雷から爆弾への爆装転換作業が各母艦で進む中、巡洋艦《利根》の四号水上偵察機から米空母発見の報告が赤城に入り、南雲司令長官は一旦爆装転換の作業を止めたものの、上層部は判断に迷った。飛龍に乗る第二航空戦隊指令官の山口多聞少将は、赤城の南雲司令長官に対し「現装備のまま直ちに攻撃隊を発進せしむるを至当と認む」。再び雷装変換することはやめて、そのまま爆装ですぐにでも攻撃隊を出すように促したが、南雲中将は第2次攻撃隊の爆装転換を中止して、また魚雷に転換するという決定を下し、何よりも戻ってきた第1次攻撃隊の収容を優先すべきと判断し、一時各母艦内は壮絶極まる混乱状態にあったらしい。

格納庫に転換中の魚雷や爆弾がゴロゴロする中で第1次攻撃隊の着艦を開始した。甲板には爆装の転換を終えた第2次攻撃隊が発艦を今か今かと並び始めていた。その時、各母艦の我々直衛隊はアベンジャーなどの低空で来る敵を集中して攻撃していた。高高度に迫る米爆撃隊の空襲を認知したのはすでに敵が急降下爆撃を開始した後だった。赤城、加賀、蒼龍、3隻の空母は、急降下爆撃をするドーントレスからの僅かな爆弾の命中にも関わらず、転換中の魚雷や爆弾が次々に誘爆してしまい壊滅的に大破したのだ。

当時、現場にいた私は一個小隊の隊長を務めながら、上層部や母艦で起きている混乱状況を知る由もなかった。命令に従い、自分に与えられた仕事をこなすだけであった。

第1次攻撃から帰った友永大尉の艦上攻撃機は被弾し片翼の燃料タンクに穴が開いていた。これは後に知ったことだが、友永隊が攻撃から戻ってきた時に赤城の駆逐艦が友軍機を敵機と間違え誤射してしまい、ひどく怒られたという話も聞いたが、そんな有り得ないことが起きてもおかしくないほど南雲艦隊は冷静さを欠いていたのだろう。再び第2波攻撃隊の隊長として出陣する友永大尉の端正な横顔に決死の覚悟を見た。友永機の2番機には私と同年兵の大林君の顔があった。私たちは発艦前に言葉を交わした。大林君はキリリとした目で私を見つめていたが顔面の血は引いて真っ白い顔をしていた。

「原田、行くからな。隊長が帰る気がないから俺も」

その言葉を遮り「帰ってこいよ」と彼を送った。颯爽と2番機に乗り込み発艦した。しかし、やはりそれが最後だった。無傷の搭乗機を譲るという部下の提案を却下し、友永隊長が被弾した自らの九七式艦攻で出撃した。片翼の燃料タンクだけに燃料を積み「敵はもう近いから、これで充分帰れる」と告げたそうだ。部下の提案を退け、バランスの悪い艦攻で出撃する時点で、友永隊長には自爆の覚悟があったのかもしれない。報告によれば、この雷撃機10機と戦闘機6機による編成の友永隊の前に、飛龍を発艦した急降下爆撃機18機と戦闘機6機による編成の小林道雄大尉を指揮官とする小林隊が、甚大な被害を被りながらも米空母ヨークタウンに250キロ爆弾3発を命中させ大火災となったが、被弾後の消火作業と迅速な応急修理によって空母ヨークタウンは沈むことはなく、また火災もほぼ鎮火されていたので友永隊はこれを無傷の空母と認識し攻撃した。空母からの対空砲火を浴びて火だるまになった友永機は炎上し米空母ヨークタウンの艦橋に激突し自爆したそうだ。今にして思えば、これが神風特攻のもとになったような気がする。私が友永機と大林君を含む24機の第2波攻撃隊を見送った直後、エレベーターから上がってくる1機の零戦が見えた。一瞬、待てよ?と思った。この光景を前にも見たことがあるような気がした。そして次の瞬間命令が飛んだ。

「零戦が一機飛び上がれる。原田、お前上がれ!」

直ちに飛龍の甲板前方に零戦が運ばれる。私は走り、飛び乗るように零に乗った。操縦席にバンドを固定し前方を見た時、不安がよぎった。通常の駐機位置よりも遥かに前方だった。操縦席から見える甲板の最先端までは約50メートル。これまでにこんな短い滑走での離陸をしたことはない。おまけに波が高く、脚を引っこめるのが一瞬でも遅れたら間違いなく波に引っ掛かって海にのまれてしまうだろう。上がれるのだろうか？　後ろを見ると下げる余裕がないどころか、燃料補給済みの飛行機が次の発艦準備に取りかかっている。やるしかない。整備が必死になって修復したこの零を発艦失敗によって海の藻屑にするわけにはいかない。

私は整備に合図をした。4人がかりで尾翼を押さえてくれた。距離が足りないことも整備は充分わかっていたようで、ブレーキも外さなかった。エンジンを噴かすとプロペラがフラッターを起こすほど湾曲した。さらにぶん回すと、プロペラがしなり、零が躍りそうになった。限界まで我慢する。限界点は零からの振動で伝わった。左手を上げて、放せと合図をした。

整備の4人とブレーキが一気に離れ、零が弾くように躍り出た。50メートルの滑走は一瞬だった。すぐ目の前が海だった。機体が甲板を離れる感覚を待たずに脚を引っ込めた。海面が迫り波の頭をプロペラがかすめる僅かな時間がスローモーションになった。

駄目かと思ったが、海面スレスレで何とか飛び上がることができた。じっとりとしたいやな汗を拭い、風防を開けて急上昇に入った。赤城、加賀、蒼龍、飛龍の残っている直衛機たちは全機で飛龍上空を守っていたので、まずは上から全体を見定めようと思った。

発艦して10数秒後、高度５００メートルに達しようとした時、背中に小さく重い、ドンという鈍い衝撃を感じた。もしやと思い操縦席から顔を出して下を見ると、つい先ほどまで私のいた甲板に巨大な穴が開き、勢いよく煙が立ち昇っている。悪夢の続きが始まったようだった。夢であってくれと願っていた。

この時、私は叫ばなかった。前を見て風防を閉めた。軍人としては誠に恥ずかしいことだが、日本が負けるのではないかと思い、戦意が急に失せてしまったのだ。

4隻の主力空母を失い、経験豊富な多くの搭乗員を失い、これから日本軍はどう戦うのだろう。アメリカの全戦力についてよく知っていたわけではないが、少なくとも航空の面では、飛行機の性能も搭乗員の腕っぷしも格段に日本がアメリカを凌いでいたと思う。だがこの広大な戦場で空母がなければ相手を攻め込むことができない。空戦において守りの戦争をすることは負けることに等しい。そんなことを思いながらも、飛龍上空の状況を把握した私は気を取り直して、味方機と共に次々来襲する敵機を撃ち墜としていた。もう降りる所がない以上、弾も燃料も今持っているもので戦い続けるしかない。弾が切れた味方機は撃ち墜とされ、燃料切れの零戦がどんどん着水し始めた。私はなるべく相手を威嚇して追い払うような飛び方を試み、できるだけ弾をけちった。

発艦から1時間ほどで弾はすべて撃ち尽くしたが、その時には幸いにして敵機は殆ど来なくなった。私の零戦はいくつか被弾していたが、あと30分以上は飛行できる燃料が残っていた。

この時、すでに蒼龍が沈み始めていた。近くまで行ったが、濛々と煙を上げて横倒しになった我が家を見るに堪えず、飛龍上空に戻った。飛龍も同じく煙を上げていたが甲板には消火活動をしている乗組員たちの姿があった。私は燃料が一滴もなくなるまで飛び続けるつもりだった。飛龍の火が鎮まっても着艦が不可能なのはわかっていたし、万にひとつも別の空母がこの海域に来ることは考えられない。しかし何とかこの零戦を海中に沈めなくてすむ方法がないものかと祈りながら、無残な艦隊を眺めて飛び続けた。誰もこのような光景を想像していなかったのではないか。私も例外ではなく、不味い戦局になった時の戦い方がわからなかったのだ。初めての体験だった。指揮系統の上官たちに至っては、この惨状を私が感じている以上に非現実的なものと感じていたかもしれない。

戦後、ミッドウェー海戦における日本軍の敗因について詳細に分析され、情報の不備や度重なる失態、そしてアメリカの幸運が明確なものとなったが、この現場にいた私の視点から反省を申し上げるとすれば、自信過剰による油断によって狂い始めた歯車を誰も制御できなかったことに尽きる。

そして、これだけは申し上げておきたい。想定外の戦況の変化に対して、冷静且つ確実な反応をしたにも関わらず、非常事態の中での要請を却下され、ようやく艦隊の指揮を執る出番が回ってきた時にはすでに遅く、艦隊が瀕死の状態になっていた。そんな手の施しようのない状況で、それでも仕事を見事に完遂した山口多聞司令官の無念を思うと、今でも胸を掻き毟りたくなる。

遂に私の零戦も燃料が底を尽いた。他に飛ぶ戦闘機はどこにも見当たらない。不時着を決め、駆逐艦の周りを飛んだ。練習生の時に陸上の着陸失敗で逆さまになったり、蒼龍勤務での訓練時に高波で甲板が着艦と同時に跳ね上がり、零戦の脚を折ったこともある。それでも、海面に降りるのは初めてなので少し怖いと思ったが、成り行きに任せた。駆逐艦に救助してもらえるよう目標を定め、できるだけ機速を落とした。それまでにやったことのない低速域で超低空を飛び、海面に触れる手前で機首を上げた。強い衝撃を伴い着水したが、どこかに頭をぶつけるようなこともなかった。零はすぐ沈み始めたが、慌てずにバンドの留め金を外し、操縦席で立ち上がった。

視界に映る海は空からの非現実的な光景とは違い生々しい。残骸や死体が所々にプカプカと浮かび、油の匂いと焦げる匂いが鼻腔を満たした。

やがて零戦はゆらりと海中に潜り、よくできた救命胴衣が私を海面に浮かばせた。30メートルほど先に、私より前に不時着した搭乗員が浮いていた。駆逐艦は私たちの方に向かっていたので拾い上げてくれるものと思い、両手を振りながら救助を待った。その時上空にB17が現れた。かなりの高度だったが以前私たち小隊が撃ち墜とせなかった空飛ぶ要塞の機影であることは明らかだ。爆撃を恐れたのか、残念なことに駆逐艦は私たちふたりを拾うことなく素通りして退避してしまった。

このB17は攻撃に来たのではなく、日本艦隊の被害状況の確認か写真撮影に来ていたようだ。しばらく上空を何度か旋回して一度も爆撃せず帰っていった。

希望を失くし、打ちひしがれた私たち生存者の視界にただひとつ、雄姿が映っていた。燃え盛ってはいるものの微塵たりとも沈む気配を感じさせない悠然たる飛龍。私を最後に飛び立たせてくれたその船は死してなお威厳を放ち立っていた。

海に落ちた死体から流れ出る血の匂いを嗅ぎつけたのだろうか、私の周りに鮫の背びれが見え隠れしているので、首の白いマフラーを足に縛り付け海中を流した。鮫は自分より体の大きなものを襲わないと習っていたので、大の字になって浮いていた。しばらくの間は何も考えることができなかった。

日が沈み始めると静かな海は徐々に身体を冷やし始めた。もう助かる見込みはゼロに等しい。そして何よりも、敵に引き上げられ捕虜になってしまったら大変だ。私たちは捕虜になることが軍人として恥だと教えられていたし、軍人ではない家族や血縁の者までもが蔑まれるような風潮があったので、そのことばかりが気になり始めた。

腕時計は3時36分（日本時間）で止まっていた。私の見える範囲に浮いていた兵隊は、蒼龍の高島武雄二飛曹だった。お互いに精も根も尽き果てていたのだと思う。泳いで近づくこともできたが、そこまで仲の良い関係でもなかったので、私たちはじっと浮かんでいるだけだった。向こうが私に気づいていたのかどうかもわからない。私はこのとき無傷だったが、もしかすると高島君は怪我をしていたのかもしれない。1時間ほどたった頃だろうか、高島君の「もう駄目だ…」という諦めの声が聞こえたので、私はあっと思い、高島君の方を見た。案の定、こめかみに銃口を当てていた。大きな声にはならなかったが「やめろー、まてー」と叫んだ。高島君はそれが聞こえたのか私の方を見て「俺はもう諦めた」と言って少し間があり、海上に「タン！」と発砲音が広がった。海は夕日を浴びて気が狂うほどの輝きを放っていた。

「あー、やってしまったか…」

こうして海上で自決したのは高島君だけではないだろう。私たち搭乗員にも1丁ずつナンブ十四式という拳銃が渡されていた。これは飛行機で戦う私たちには本来使いどころのない不要な武器だが、敵に対して使うというより、いざという時の自決用に携行していたのだ。私はこの時、蒼龍で最初に捨てた自分の零にナンブを置き忘れてしまい、そのまま2機目に乗ったので携行していなかった。持っていれば私も高島君同様に自決を選んだことだろう。

やがて海を闇が包んだ。次第に全身が痺れて感覚がなくなってきた。いっそ鮫に食われた方が楽になれると、足のマフラーを外そうかとも思ったが身体が痺れきって動かないので、それも面倒になった。海水が両耳に入ったのと寒さで何も聞こえなくなり眠気が襲ってきた。

次第に冷たいという感覚も遠ざかり、意識が薄れていく中で現れたのは妻の顔だった。初めて顔を合わせた翌日に結婚して、汽車の中でずっと困ったような顔をしていた精、大分での甘い生活の中で見せる優しくあどけない笑顔が次々に現れては消えた。私は精と食事をするのが好きだった。料理に不慣れな精は、毎日、飯を食べる前に「これは上手くいった」と言いながらも不安そうな顔で料理を出し、「これは失敗した」と言っては上手くいかなかった料理を自分で食べていた。真っ黒に焦げた焼魚を食べようとしているので「それは、あんまりだ」と精と交換して頭からかぶり付いて「美味い、美味い。香ばしい」と言って食べた時などは、眉毛を八の字にして微笑んでいた。こうして精の顔を思い浮かべると幾分、いまにも消えてしまいそうな意識を留めることができた。空には小指の爪ほどの月が、ゆっくりと天に昇っていた。

私が見ていたこの月を、海に残された人たちは皆、見つめていたことだろう。

聞いた話では、飛龍が着弾によって戦闘不能となった時、総員退去となったそうだが、脱出する乗組員を見送った山口多聞司令官は、艦長の加来止男大佐に「一緒に月でも愛でるか」と言って艦橋に戻っていったらしい。航行不能となった母艦や駆逐艦の上、そして私のように海上に浮かぶ半死で凍える兵士がどれほどいたのかは知らない。この絶望的な状況の海原で、皆が自決の覚悟を決めて、愛する人や家族、内地での平和な日々の思い出に、胸を満たしていたのではないだろうか。

漂流して4時間ほどたち、完全に諦めた頃、船の探照灯が見えた。「終わった」と思った。アメリカの船が、私たち生存者を拾いにきたのだろう。捕えられるのが怖かったので救命胴衣を外して沈もうと思ったが、完全に身体が痺れてまったく動かないので、じっとしているしかなかった。しばらくすると探照灯が近づいてきて私を照らした。甲板の上からの呼び掛けが微かに聞こえた。何を叫んでいるかわからなかったが、とにかく日本語であることは間違いなかった。朦朧としながらも「捕虜にならずにすんだ」という安心感が胸に広がった。

船は駆逐艦《巻雲》だった。すぐに縄梯子が下ろされたが、自力で梯子に上がれない私を、ブイ（浮き輪付のロープ）で引きずり上げてくれた。海面から体が離れ、電灯の光を直視して一時的に視力を失った時、瞼を焼いた残光が後光を背にした仏様のように見えて、麻痺した全身に「ドクン」と温かいものが流れた。

甲板に上げられたところで、動けない私を兵隊ふたりが介添えして楽な姿勢で座らせてくれた。瞼の裏の残影と、助かったんだという安堵感、そして海風の寒さが誘う眠気から意識が遠のきそうになったが、悲鳴と呻き声の大合唱が耳の中の海水を通して脳に伝わった。私は恐る恐る目を開いてみた。その瞬間、途切れそうになっていた意識が、電灯のスイッチを入れるように覚醒した。目の前で地獄絵が動いていたからだ。

手のない者、足のない者、血だらけの者、焼けただれた者が、足の踏み場もないほどに溢れひしめいている。

「苦しい」

「水をくれぇ」

「助けてくれぇ」

「死にたい。殺してくれぇ」

叫び、泣きわめいている。

幾度も空で戦争をしてきた私にとって、このような悲惨な光景は、当然初めて見るもので、衝撃があまりにも強く、頭を殴られたようにシンシンと軋む音を立てて脳味噌が揺れた。

「これは夢だ。夢に違いない」

遂に頭が狂ったに違いない。その直後に匂いがきた。生臭い血の匂いと、タンパク質の焦げる匂いは、私の眉間を直撃して胃袋を握り潰した。口から胃の中の物が噴きこぼれた。吐瀉物の中には早朝に蒼龍の甲板で長沢君たちと食べた握り飯も、その後戻った時につまんだ羊羹の欠片すらなく、透明の酸っぱい胃液と海水だけが流れ出た。それとほぼ同時に両耳から海水が抜けて、悲痛な叫びは大きな渦を巻いてさらに脳味噌を揺らした。

切なくて切なくて、涙が溢れた。放心状態になってから数分ほどした頃だろうか、ひとりの軍医官が目の前にいた。私の脈や胸を触り、瞼を指で開くと私の診療に取りかかり始めた。自分が無傷で、全身の麻痺は長時間海で冷えきったから一時的に起こっているだけで、暖かい所で安静にしていればある程度は復活できるとわかっていた。目の前に転がっている重症の人たちを放っておいて、丁寧に私を診察してくれている軍医官に疑問と苛立ちを覚え、言葉に出そうとしたがすぐには声が出なかった。その様子に気がついたようで、私の顔に耳を近づけてくれたので、私は尋ねた。

「私はただ体が痺れているだけで大丈夫ですから、怪我のひどい人たちを、どうか先に診てあげてください」

するとと軍医官が答えた。

「何を言ってるんだ。あの人たちはもう助からない。私たちは手当てをすれば、また飛んで戦えるあんたらを優先するんだ」

意識が再び朦朧としていく中で、ひとつのことに気がついた。

私たちは人間ではなく、兵器なんだ。戦争では、兵器に支障が出た場合、不具合が軽度な物から直ちに修理、調整に取り掛かるが、この海戦でも海に捨てられた私の2機の零戦がそうであるように、再生不能と判断された物は廃棄される。目の前でのた打ち回る重症の兵たちは、銃身の折れ曲がった機銃に等しく、手当を後回しにされるどころか、今まさに、うち捨てられようとしている。最前線での優先順位が、人の命においても何ら変わることなく平然と遂行されている。

私は子供の頃から憧れを抱き、厳しい訓練のもとでよい成績を収めた結果、一個の兵器になってしまったのだ、そう実感した。

放心した私はもう軍医官に何も尋ねることはせず、任せた。駆逐艦巻雲の船室のベッドの上で点滴を受け、混濁した意識の中で眠りに落ちた。

何時間眠ったかわからない。また例の夢にうなされて目を覚ました。点滴はすでに片づけられており、全身に痺れは多少残っていたが、何とか動ける。とにかく喉がカラカラだった。漂流している間に長時間浴びた潮風と、いくらか飲んでしまった海水のせいだと思うが、焼けるように喉がひりついた。部屋を見渡すと、下士官や普通の乗組員の部屋とは様子が違った。机の上に綺麗な形の酒瓶があった。私は堪らず、それに入っていた液体をガブガブと飲んだ。それは葡萄酒だった。喉の焼きつきが治まっても、どんどん飲んでしまった。こめかみに血の流れを感じ、再びベッドで横になった。全身に行き渡る心地よい温もりに浸りながら、こうして再び寝床で横になれる安心感と、そしてなによりも生きているという幸福感に包まれて目を閉じた。

ぐっすり眠ったせいか冷静に脳が動いていた。甲板の地獄絵図も、海に不時着し漂流したことも、母艦の蒼龍が沈んだことも、戦闘で何機かの敵を撃ち墜としたことも、すべてが事実として受け入れることができた。起きたことはもとに戻りはしない。今はこの温もりに甘んじて、もうひと眠りしようとした時に、カチャリと誰かが入ってきた。その人が誰か知らなかったが、身なりからして階級の高い人だということはわかった。その人が「おお、気がついたか。そのまま寝ていなさい」と言ってくれたが、着せられた寝間着のままゆっくり起き上がり、敬礼をして「蒼龍の原田です」と名乗った。

相手は巻雲の艦長の藤田さんだった。これはえらいことをしてしまったと焦り、置いてあった葡萄酒を殆ど飲んでしまったことを深々とお詫びすると、「気にしなくて良い。いくらでもあるから飲みたければもっと飲みなさい」と笑顔で許してくれた。私は殆ど最後に海から拾われて、船室に運ぼうにも何処も一杯になっていたので、艦長室の寝床に寝かされていたのである。流石にもう一度そこで寝かせていただくわけにはいかないので、寝具を整え、葡萄酒のお礼を言って退室しようとした時、「これから飛龍を魚雷で沈めるから、歩けるようなら着替えをして、甲板に上がりなさい」と言われた。「そうさせて頂きます」とお辞儀をして部屋を後にした。

私が作業着を借りて外に出たのは夜明け前だった。大破して漂う飛龍に横づけし、残っていた生存者を巻雲に移乗させていた。飛龍の艦橋横では、参謀たちと山口司令官が水盃で別れるところだった。私には聞こえなかったが、訓示を下された山口司令官と加来艦長のふたりは、悲しむ参謀たちを巻雲に促すと、艦橋に上がっていった。

私の目には常に頼もしく威厳を放っていた山口司令官の姿が、とても寂しそうに映った。その後、2発のピストルの音が、ほんの少し明るみを帯びた海の静寂に響いた。

白々と夜が明け、焼けただれた飛龍に巻雲から一発の魚雷が走り命中した。涙を飲んで、日本海軍自らの魚雷で沈めなければならない。この事態に直面した飛龍乗組員たちの辛さは、私がその時流した涙とは比較にならぬほど大きなものだったことだろう。悲しい嗚咽が響く巻雲は、ゆっくりと海中に沈んでいく飛龍沈没を最後まで見ずに内地へ船首を向けた。

第7章　籠の鳥

帰途に就いた巻雲から洋上で合流した戦艦《榛名》に移された私は、煙突の近くで休むように言われたが、この日は暑くて、とてもではないがゆっくり眠れたものではなかった。榛名には私と同じような、まだ戦える搭乗員が何名も乗っていたが、皆抜け殻のようにしょんぼりしていた。私もただ眩しい水平線を眺め、負け戦の惨めさに奥歯を軋ませるだけだった。

ミッドウェー海戦で生き残った搭乗員たちは九州鹿児島の山奥にある笠ノ原基地へ送られ、外部との接触を一切遮断された。勤務していた母艦が沈み、次の働き場所が決まっていない私たちは、人里離れた山の中で軟禁生活を送ることとなった。

後に知ったことだが、これはミッドウェー海戦の大敗北を隠蔽する為に取られた措置だった。日本海軍が壊滅的な打撃を受けたミッドウェー海戦、内地では「味方の損害軽微なり」と報知されていたという。当時の国体には驚くばかりである。

私たちの日課は食事と運動に限られ、朝から晩まで同じ顔ぶれで、ミッドウェーの反省と、たくさんの仲間を亡くした悲しい話に明け暮れた。あまりにも辛く暗い話題で皆が落ち込んでいる時に、嫌われることを承知で手柄話をする者もあった。

窓の外は景色が良いわけでもなく、時折酒も配給されたが慰めにもならず、かえって戦友を偲ぶ涙となるだけだった。日ごとに何の得にもならない愚痴をこぼす輩も出てきて、言い争いになることも度々あった。もともと飛行機乗りの性質上、囲いのない大空で自由に飛び回ることが何よりも好きなのだから、この隔離された缶詰生活に耐えられる筈がなかった。私も例外ではなく、いつでも爆発できるほど怒り狂う熱が体のあちこちに充満していた。

次第に口数も減り、些細なことでいがみ合い、殴り合いなども起きだした。誰かが必ず止めに入り、大怪我をするには至らないが、そういうことが起きた後は、騒ぎが治まっても今度は皆が揃って口を閉ざし悲壮感が溢れた。

1ヶ月もたった頃には失望と悲しみのあまり頭のネジが飛んでしまったのか、笑いながら涙を流している者や、何処にもやり場のない憎しみから顔が醜く歪んだ者まで出始めた。私はといえば自分の判断ミスにより火だるまになった3番機の長沢源造君のことだけは、心から取り除くことはできなかったが、やけくそになって運動しては襲いかかってくる巻雲の甲板での地獄の様な光景や、高島君の洋上での自決などから心を逃がすように努めた。私たちミッドウェーの敗残兵が外部と遮断されている間に、大本営はミッドウェー作戦の戦果を「米空母2隻撃沈、我が方の損害、航空母艦1隻喪失、1隻大破」と発表していたそうだが、今から考えれば、当時私たちに替わる腕利きの飛行機乗りが山のようにいたとしたら、ミッドウェーの事実を知る私たちは、口封じの為に殺されかねない状況に置かれていたのかと呆れる。

おやけくそになって運動することの他にも、心を安定させる方法を見つけていた。それは、お世話になった人への感謝の思いを持つことと、立派な方の話を聞くことだった。親身になってくれた教官たちとの会話や、耳に飛び込んでくる侍のような上官たちの男気に満ちた話は、私の心の安定剤となった。

私がお世話になった、まさしく侍のような蒼龍艦長の柳本大佐は、蒼龍が大破した際、燃え盛る蒼龍の艦橋に立ち尽くし万歳を唱えながら最後を遂げたという話を後に聞いたが、私がこの時聞いたのは、少し違う。「艦橋に残る柳本艦長を連れ出せ」という命令を受けて助けにいった阿部兵曹たちが蒼龍の艦橋に上がった時、すでに柳本艦長は艦橋の羅針盤に縄で身体を縛り付けていたそうだ。阿部兵曹が救出しようと、その縄を解こうとしたら艦長は阿部さんを殴り、すぐに「痛くなかったか?」と声をかけたらしい。阿部兵曹たちは艦長の信念を重んじて救出を断念し、泣く泣く艦橋を降りてきたそうだ。この話を聞いた時には、絶体絶命の窮地においても、こんな厳しさと優しさを持てる人間になりたいと思った。私はこの柳本大佐と同様に山口多聞少将を尊敬しているが、飛龍の加来艦長から誘いを受けて山口少将が蒼龍の柳本大佐と離れたのは、私が思うところふたりは価値観や性格があまりにも酷似し過ぎたため、それが災いし相性が合わなかったのではないだろうか。

笠ノ原基地に軟禁されて、ひと月半ほどたっただろうか、皆もこの頃には3度目、4度目の話に嫌気がさして、話すことも殆どなくなり、ぼんやりと家族のことを考えたり、じっと一点を見つめていたり、いがみ合うようなことも起きず、基地全体が意気消沈していた。

私に限ったことではないと思うが、起きている間中「飛びたい」の一念だった。椅子に座って、ほうきの柄を握り、口から零戦のエンジン音を放ち続ける者さえいた。あまりにその音が似ていたのと、目の焦点が遥か遠くにあった為に、多くの者が気味悪がって避けて通るなか、私もそれを一緒になってやりたくなる気持ちを抑え、近くで眺めていた。

その後も食事と体操だけの退屈な日々が続いた。しかし急迫する戦局は、私たちベテラン搭乗員をいつまでも遊ばせてはおかなかった。ミッドウェーの敗戦から約2ヶ月、私たち籠の鳥は家族や外部と遮断された軟禁生活によって、個人差はあれど、再起動の為の準備は充分過ぎるほどだった。

昭和17年7月31日、私は航空母艦《飛鷹(ひよう)》への乗り組みを命じられた。再び飛べる喜びに体中の血が躍った。飛鷹は客船として建造される筈だった出雲丸を途中で空母に改造した艦で、全長は蒼龍とほぼ同じだったが、もともと客船だけに蒼龍の最悪な居住性とは対照的に、何もかもがゆったり造られていた。

ミッドウェーの負け戦からの軟禁生活。身体は充分に休養をとっていたが、精神が圧縮され、私は爆発寸前だった。仲間たちも同様だったと思う。飛鷹で私に任せられた仕事は群馬の太田飛行場（中島飛行機、零戦の生産も担当していた）で零戦の試験飛行をして、万全に調整された零を空母に運ぶというものだった。

私はその移動で2時間ほどの空き時間が有ることを事前に知ったので、一目、精に会っておきたいと思った。長野の実家にいる精にその時間を知らせた。蒼龍勤務から約半年ほど、精の顔を見ていなかったこともあるが、今回飛鷹での出撃となれば確実にもう会うことはできないと感じていたから、少しの間会えるだけでもいいと考えた。私はこの時蒼龍で出撃する時の高ぶった気持ちは欠片もなく、完全に死を覚悟していた。

私が上野で待っていると、人混みの中、長野から8時間も汽車に揺られてやってきた精が私の前に現れた。田んぼに行ったままの姿で、背中には真珠湾攻撃の後、ウェーク島攻略の時に生まれたらしい私の長男を背負って、顔は汽車の煤で真っ黒、なんともみすぼらしい、若い乞食のようだった。

しかし私はこの時の精を「清らか」と感じ、息を呑んだことを忘れはしない。目に焼き付いたその時の妻の姿は、その後70年連れ添った中で最も神々しく清らかな美しさを私に残してくれた。

私が九州から蒼龍勤務になった後、精は私の実家で暮らしていた。私の家は田舎の封建的な習慣が根付く農家だったが、精は百姓をしたことがなく、随分と苦労をしたそうだ。私の親は慣れない精をよく思っていなかったようで、「よその嫁は何でも上手くやるのに、うちの嫁は田植えも満足にできないどころか、りんごに袋をかけるのも遅い」と言われ、草取りや雑用ばかりをさせられていたそうだ。精とすれば一生懸命にやっていたのだが親たちは気に入らなかったらしい。

この時も「主人が上野駅に来るというから少し会いにいかせてくれ」と頼んだが親たちは良い顔をしなかったらしい。それでも精は「この機会を逃したらもう今世で会えないかもしれないのだから、どうしても行きたい」と、何とか説得して、田んぼに出ていたままの恰好で、勿論化粧もせず乳飲み子を背負って汽車に飛び乗ってきたそうだ。

私たち夫婦は2時間ほど上野の喫茶店で話をして別れた。この時の本心としては、最前線で、二度も死んで当然の状況に置かれ、奇跡的に助かったものの、笠ノ原で2ヶ月近くも軟禁されたのだから、せめて一晩でいいから妻とゆっくり時を過ごしたかった。私はそういう時間を上に申し出れば持てない立場ではなかったが、飛鷹勤務では小隊長とはいえ先任搭乗員として全下士官兵搭乗員をまとめる役目を任せられていたこともあり、下の者の手前、自分の欲望を抑えた。

喫茶店で私たちは、ずっとお互いの目を見つめ合った。妻は口を開く度に「気をつけて」「墜とされないで」「死なないで」という言葉を何度も繰り返した。私は妻の背中で泣きじゃくる長男を抱いた。軽くて小さい赤ん坊が可愛いものだなと思ったが、どうしても父親なんだという実感がわかず特別に嬉しい気持ちにならなかった。ただ私が後に平和の原点と考える光景に出くわしたのはこの時だった。赤ん坊が愚図ると精は胸をさらけ出し乳を与えた。必死になって乳を飲み、それを見つめる精とその目をじっと見返す赤ん坊の目の間に例え様のない安堵に満ちたものがあった。

これは終戦後に精から聞いた話だが、精は長男を産んだ頃から、飛行機が墜ちてくる不吉な夢や、白い大きな建物の前でふたりの看護婦の間に挟まれた私が白い着物を着て立っている夢を何度も見たそうだ。私の死を予見した精は近所の丸山源吾さんという痩せこけた易者を訪ねた。その方は行者さんと呼ばれていて、村の人たちから信仰を集めていた。精が私の先行きについて占いをしてもらったところ、ギョロリと大きな目をひんむいて「あなたの夫は9分9厘助からない」と言われたそうだ。そこで精が「じゃあ、1厘望みがあるのですね？」と返すとさらにこぼれそうな目をひんむいて「そうですよ」と言ったそうだ。「どうしたらその望みは叶うのですか？」と聞くと、その行者さんは「囲炉裏に線香を立てて朝晩今から教える呪文を、呼吸を止めて3回唱えなさい」と答え、その長い呪文を精に教えた。精は毎朝4時に起き、息を止めて呪文を3回唱え、眠る前にも毎日欠かさず、終戦の日まで続けていたらしい。私は今でも占いを信じる気はないが、どうも私がこうして生きていることからも、その行者さんの呪文は少しは効力があったのかもしれない。精は戦後も何かにつけて行者さんに占いをしてもらっていた。

乳をたっぷりと飲んだ長男がうとうとし始めると私たちは会話を始めた。私は精に心配をかけまいと最前線でのひどい状況や死の瀬戸際に立った話は避けて、仲間と楽しくやっているような話題を出すのだが、精はこの戦争ですでに大勢の軍人が亡くなっているのを知っていたから、どんな話をしていても「墜とされないで」「死なないで」というところに結びついてしまった。8時間以上も汽車で揺られて疲れていたのか、子供を産んだにも関わらず、大分で別れた時より精の顔が幾分細く見えた。私はこの時点で、次の作戦行動を知らされてはいなかったが、恐らく南方で苦戦している日本軍の応援に行くのだろうと予測していた。相手の待ち受ける戦場で戦いを挑むことは絶対的に不利だし、敗残兵ばかりの航空部隊が満足に機能するかどうかも定かではない。次の戦闘は必死であり、妻と会うのもこれが最後と覚悟を決めていた。私はそれを言葉にも態度にも出さなかったが、精には私の覚悟が伝わっていたようで別れの時間が近づくと私の手を掴んで人目を気にしながらボロボロと泣きじゃくっていた。私も辛いと思った。それでも火だるまになって墜ちていった長沢君や、太平洋で海の藻屑となった戦友たちのことを思えば、今、こうして妻や我が子と触れ合い、最後の別れができることは何とありがたいことだと感謝する気持ちになったことを覚えている。

いよいよ私が群馬行きの汽車に乗ろうという時、精はホームまでついてきて、私の手を力一杯掴んだ。そして「帰ってきてくださいね。お父さん」と言った。私は「はい」と返事をしてポケットに入れていたミッドウェーで着水した時に止まった時計を精に渡した。私が汽車に乗ると、じっとこちらを見ている精の背中で静かだった長男が再びぐずりだして大きな声で泣き出した。汽車がホームを出て、ふたりの姿が見えなくなっても、しばらくの間長男の泣き声が耳から離れなかった。

群馬県太田の中島飛行機に着くと新しい零戦がずらりと並んでいた。

「また、こいつで飛ぶんだ」

ミッドウェーでの着水以来、数ヶ月も操縦桿を握っていなかった私は、胸がときめくのを感じた。練習生の頃から飛ばない日がないくらい空の上にいたのだから無理もない。

缶詰生活から解き放たれた。妻と長男に会い、さよならをした。戦友の死も、自分が兵器と同じなのだという感覚も、一日胸の中から消すことができた。エンジンの音に安らぎを覚えた。私は生き生きと零戦の試験飛行を繰り返した。乗り慣れた二一型とは違い、少し鈍重な乗り味ではあったが、零戦の操縦桿を握り自由な空を飛びまくっていると「日本はこんなことでお手上げをする国ではない」と再び闘志が漲るのを感じた。

中島飛行機では、私が霞ヶ浦で練習生をしていた時の教官のひとり、山口さんという方が試験飛行士をしていた。山口さんは教官時代とても厳格な印象で、私も何度か厳しい指導をされたことがあった。私たちは久しぶりの再会を喜んだ。しかし、いざ山口さんの試験飛行で合格した零戦に乗ってみると、色々な不具合があったので、私が整備にそれを指摘していると山口さんは言った。

「原田、少しくらい悪くても良いとして持っていってくれや。あんまり悪い悪いと言われると俺困るわ」

先輩には申し訳ないと思ったが

「山口教官、それはできません。私たちは命を懸けて最前線を飛んでいるんですから」と、きっぱりその願いを断った。山口さんは頭を抱えていたが、大きな溜息をついて踵を返した。

慣れない学徒動員の学生たちまでもが部品を作り始めていたこともあってか、この頃には粗製乱造で本来の性能を下回る零戦が多数あった。山口さんとしては何としても早く合格を出して、どんどん運んでほしかったのだろうが、当然私は調子の出しきれない零戦で戦う気はなかったし、若く経験の少ない搭乗員たちにでき損ないの零戦で最前線を飛ばすことに対して無神経になっている先輩を、この時ばかりは憐れとまで思ったことは事実である。

私は連日入念に試験飛行を繰り返し、整備の何人かにはいやがられるほど整備調整に口はおろか手も出した。

やっと試験に合格した零戦を受領し、飛鷹に空輸していった。新しい零戦を搭載した飛鷹では艦攻、艦爆と共に訓練が始まった。私は、かつて「空の英雄」と呼ばれたひとり、兼子正大尉のもと、先任下士官として飛行隊の小隊長を務めた。私が海軍に入団した翌年の昭和9年から実戦で飛んでいる兼子飛行隊長は、部下をまとめる力においては超一流だった。真珠湾攻撃とインド洋作戦では翔鶴乗組、ミッドウェー海戦では赤城乗組、飛行隊が違っていたので合同で飛んではいないものの同じ空を飛びまくり、最前線での苦労を身に染みて感じていた方なので、今回ミッドウェーで打ちひしがれた隊員たちの気持ちをひとつにまとめ、飛鷹乗組が家族のようになるには、それほど時間がかからなかった。私に対しては、まるで同年兵に接するように親しみを持ってくれた。優しい形の眼で、穏やかに話す口元は常に微笑んでいるように上がっている。兼子隊長の顔は角度によっては仏様に見える時がある。私はそれとは正反対で気分がよくても口元が下がり眉間に皺が寄るような顔付きだったので、兼子隊長を羨ましく思い、飛鷹に乗り込んでからは、じっくり鏡を見て穏やかな顔をする練習をした。不思議なものでそれをすると心がどんどん軽くなり、日本が窮地に立たされていることや自分たちがいつもよりさらに死の隣にいるということも忘れた。私を気に入ってくれていたようで、訓練の合間に隊長から「原田。原田」と声がかかり、話をすることが度々あった。歴戦の勇士の口から出る話は、故郷の山形での暮らしや6人兄弟のほのぼのとしたものだった。これほど実戦経験が豊富な方なのに空戦や撃墜の自慢話がひとつも出ない。私が痺れを切らして空戦の話や指揮の極意などを尋ねても、大概はぐらかされて戦争の話題からはすぐに離れてしまう。最初は教えたくないのかなぁと思った。私は先輩と話をする時は戦い方や知恵を授かるものだと決めつけていたので、何かないだろうかとその話に持っていこうとしつこかった。私が自分の勇み足から列機の若い搭乗員を犠牲にしてしまったことを打ち明けたところ、兼子隊長は優しい目にさらに優しさを浮かべて私に言った。

「大海原に憧れて海軍兵学校に入り、鳥のように空を飛んでみたいと思って飛行機乗りになったものの、まさかこれほど仲間を見送ることになるとは考えていなかった。支那事変から得意になって何千発もの弾を撃って、どれだけの人間を殺したか思い出すような時を持ちたくないんだ」

そう言って微笑む口元に涙が流れていた。その時から私は二度とこの人の前で戦争の話はしないと決めた。

隊長はそれからも私をとても可愛がってくれた。蒸し暑い夏が終わり飛鷹の艦橋は毎夕鮮やかなオレンジ色に染まるようになった。その頃、日本軍が飛行場を建設したばかりのガダルカナルでは激戦が繰り広げられ、ソロモン海戦で制空権が奪われた上空をグラマンが飛び回り、機銃掃射や米陸軍の火炎放射機から逃れる為に日本兵がジャングルを逃げ回っているというもっぱらの噂だった。食糧や物資の供給も、駆逐艦が沿岸に近づくことができないので、ドラム缶に詰めて沖から流した。海岸に辿り着いたそのうちの僅かな物を拾ってはまたジャングルを逃げ歩き、たくさんの兵隊が栄養失調になってしまい、戦闘どころではないという話も聞いていた。

昭和17年10月4日、我々第2航空戦隊の空母《飛鷹》と《隼鷹》にガダルカナル奪回の命令が下り、駆逐艦《電(いなづま)》と《磯波》と共に出発した。私はこの日、2番機の吉松要三君、3番機の岩淵良雄君と陣形や合図の打ち合わせをおこないながら意思疎通の再確認をした。ミッドウェーの敗戦から笠ノ原の軟禁で落ち込んだり腐ったりする兵隊も若干いたが、私の列機2名は自信に満ち、必ず生きて帰るんだという闘志が漲っていたので私は安心した。兼子隊長は出航した直後、内地から遠ざかる甲板の上で私に言った。

「なぁ原田よ。今回はミッドウェーの敗残兵ばかりだが、皆意気消沈してはいないか？ 向こうに着くまでに数日あるから皆の士気を上げておけ」

私にはそんなことができる自信はなかった。困ったなぁと思いながら甲板から内地を見つめる隊員たちの所に行って数名に様子を伺った。

「最後だから内地の景色を見ておきます」

「もう帰る気はないから心配は不要です」

「お骨で帰ってきます」

完全に覚悟を決めて悠然としている兵隊ばかりだった。私は兼子隊長の所に戻り、「隊長、心配はいりませんよ。皆もう最後と思っています」と告げると、やはり優しい目をして「そうか、そうか」と喜んでくれた。兼子隊長は陸が見えなくなるまで甲板に立っていた。私は死の覚悟はしているものの上野のことばかりを思い出していた。

10月9日、私たち第二航空戦隊はトラック島泊地に到着した。すでに米軍とのガダルカナル島争奪戦は泥沼化していた。私たちはいつでも出撃できる体制を整え連合艦隊からの指令を待った。そうして数日間が過ぎた。

「17日早朝をもって、ガダルカナル島を爆撃せよ」

と指令が下ったのは16日の夕食後だったので飛鷹、隼鷹両艦は慌ただしく爆装作業に取り掛かった。

第二航空戦隊参謀の奥宮正武少佐の考えから、急降下によって陣形がバラバラになってしまう艦上爆撃機での攻撃ではなく、零戦隊が護衛し易い水平爆撃が可能な艦上攻撃機に800キロ陸用爆弾を搭載する作戦が取られた。しかし、ただでさえ速力の出ない艦攻に800キロの爆装では、それを護衛する我々にとっても荷が重かった。隊員の多くが艦攻での作戦に納得していなかった。

隼鷹の飛行隊長を務めた支賀淑雄大尉は、「明日の爆撃には自信が持てない。まだしも軽快な艦爆に機種を変更されたし」と上申したが却下された。艦攻の搭乗員たちの何名かは先の見通しが暗いこの作戦に腹を立て、やけくそになって酒を飲んで荒れていたそうだ。飛鷹の搭乗員室でも艦攻の搭乗員は不貞腐れて、よくない空気だった。私は吉松君と岩淵君に「絶対に死ぬな」とだけ伝え、ゆっくり風呂に浸かり、入念に身体を洗い、仮眠を取った。不思議なもので、そんな状況にも関わらず短い時間ではあったが悪夢を見ることもなく熟睡できた。

10月17日、飛鷹、隼鷹両艦から各零戦9機、艦攻9機、合計36機が発艦した。そのうち隼鷹の艦攻1機が故障で引き返した。35機の編隊は訓練通りの隊列ではなく、我々飛鷹の零戦隊は隼鷹の艦攻隊を守り、隼鷹の零戦隊が飛鷹の艦攻隊を護衛する隊列が組まれた。これまで各艦での訓練は繰り返していたが、第二航空戦隊としての合同訓練は一度もしていなかった。気心知れた者同士の方がやりやすいと考えるのは当然だが、上からの指令で急遽、艦攻隊指揮官は隼鷹の方が先任なので先、戦闘機隊は飛鷹の兼子大尉が先任なので先、と極めて単純に決まったそうだ。

両艦では同じ様に訓練をしているから余程食い違うようなことは起きはしない。しかし私は何も本番でいつもと違うことをする必要があるのだろうかと、もやもやしたものがあった。

我々戦闘機隊は4000メートルの高度を保ち、隼鷹の艦攻隊の500メートル後ろを飛んだ。私の小隊は第一波のしんがりを務め、私は最後尾を担当した。ソロモンの空と海は絵の具のように青く、ギラギラとした太陽が昇った。前方左右を飛ぶ列機の吉松君と岩淵君は久しぶりの出撃に興奮していたのか心地よい南風で調子が出たのか、翼を揺らしたり横反転をして愛機の調子をしつこく探っていた。私は自由にさせておきたい気持ちもあったが、ここで油断は禁物。ふたりの中に入り右手で「真っ直ぐに飛べ」と合図した。ふたりは肩をすくめ軽い敬礼をしてピタリと零戦を安定させた。つくづくこの南方の空と海は、戦争をしているということを不思議に思わせる。美しいというだけではなく、まさに天国という所はここではないかと思えるほど水平線の描く弧に命から湧き出る笑みがこぼれてしまう。

やがてガダルカナル島上空に差し掛かる頃、左上方に黒い断雲が迫ってきた。「いやな雲だ」と直感した。私たち戦闘機隊が速力を上げて隼鷹の艦攻隊に接近した時には28機のグラマンF4Fが、通り過ぎたばかりの黒い断雲から現れて急降下で艦攻隊を襲った。我々はすぐに戦闘態勢に移ったが、あっという間に目の前で両端を飛ぶ艦攻2機が火だるまになって墜ちていった。後続もまた、2機が煙を吐いて墜ちていった。このような急襲において、第一撃は防ぐことができない。一瞬の攻撃で多大な被害を受けることは避けられない。急降下攻撃してきたグラマンはそのまま下に避退し、その優速を利用して遥か前方で急上昇していく。私たちは全開でこれを追った。充分に機速を乗せたグラマンは、どんどん小さくなる。私は一番後ろから一部始終を視界に入れて限界速度で飛んだ。

すると逃げていくグラマンの編隊から一機だけが右に急旋回し進路を変えた。私の前を飛ぶ8機の零戦は、その群から外れたグラマンに気づかなかったのか、真っ直ぐにグラマンの編隊を追っている。私の視界にはその一機が右上方を逆に飛んでいく姿だけが映った。「まずい」敵は回り込んで我々の背後から攻撃しようとしている。たった一機で。何も考えなかった。もうすべてがどうでもいい。反射的に操縦桿を折れるほど引いて機首をそいつに向けた。その時のGがあまりにも強く一瞬目が眩み、目の前が真っ暗になった。音が消えた。一瞬で意識が飛んだ。全身から力が抜けて快感の渦に呑まれた。恐らく3秒、長くても6秒くらいだと思うが陶酔の時間は長く感じられた。目の前の露出が戻り、爆音が耳をつんざいた時にはすでに正面から撃ち込んでくるグラマンの弾を何発か浴びていた。

「しまった」機首を持ち上げ、上から機銃を浴びせてくるグラマンに刺し違える他に術はない。お互いの機首が一直線になった瞬間に20ミリをすべて撃ち込んだ。何発かは当たったが相手は怯まず撃ってくる。零はそれを浴びて、キンキンカンカンとわめき散らす。7.7をいくら浴びせても相手は僅かに煙を吐くだけで、墜ちる気配はない。爆音の中で左手が吹っ飛んだ。頭の中でジンという音を認知した時には操縦席に赤いものが飛び散った。同時に強烈な燃料の匂いが鼻空に充満した。その瞬間に右手はエンジンのスイッチを切っていた。血だらけの風防から下を見るとグラマンが煙を吐いて墜ちていった。零戦は穴だらけだったが火だるまにならずにすんだ。エンジンを切った途端に当然急降下しているが、これだけの速度が出ていれば幸い多少の舵は効く。下降しながら操縦桿を膝で挟み、卵ぐらいの穴が開いて大量の血が噴き出しているものの、どうやら体にまだ付いている左上腕を止血帯のゴムでぐるぐる巻きにした。ゴムを巻きながら精を呼んだ。ヤシの木がまばらに生えている場所を視認し不時着の狙いを定めた。車輪を出すか出さないか3秒迷って出さなかった。ヤシの葉が零戦の腹を擦った。左の耳にグシャリという衝撃を感じた。

第8章　神風は吹かず

ガダルカナル島での墜落後は第1章に記した通りだ。どうにか九死に一生を得た私は、手厚い看護を受けていた。左腕の傷は薬も効かず一日に何度も海水で洗ったが腐っていくばかりで、貫通した穴をウジ虫が行ったり来たりしていた。ジャングルを彷徨っている間、大量の蚊に食われたせいでマラリアとデング熱が発症し、40度以上の熱にうなされた。うっかりすると意識が遠のき、鎌倉建長寺の管長さんの教えが頭の中を駆け巡った。

「一生懸命悔いが残らぬように毎日自分の仕事を極めていれば安らかに死ねる」

しかし私はまだまだ死ねない。そう抗っては佐藤君に「水、水」とお願いした。その度に佐藤君はゆっくり水を飲ませてくれながら「頑張れ、また飛ぶよ。頑張れよ」と励ましてくれた。私がこうしている間にこの基地には何人もの兵隊が辿りついた。何日も空腹のままジャングルを彷徨って、命からがらこのテント基地を見つけて辿りつくのだが基地に着くと、やっとありついた食物を口にしては死んでいった。極度の栄養失調を起こしているので、いきなり固形物を食べるとそれを消化吸収することができずに死んでしまうのだ。つい数ヶ月前まで「勝った！勝った！」と喜んで勢いづいていた日本軍は、これほどまでに追い込まれてしまったのかと絶望を感じた。私は熱にうなされながら、戦友や先輩、後輩たちが現れて、その人たちに励まされているような、夢とも幻想とも言えない感触に包まれていたことを覚えている。坂井三郎君、西澤廣義君、奥村武雄君、小園安名さん、皆が口を揃えて「お前はこんな所で何をしてるんだ。早く元気になって空に帰ってこい」と言ってくれた。

坂井君や西澤君は私のように航空母艦の搭乗員にはならなかったが、相当な出撃回数と撃墜記録で後に撃墜王と呼ばれたふたりである。佐伯航空隊で一緒だった時に、私は複座の練習機の後ろに乗せて正確な着陸を実演して見せたことがある。着陸時に、目標とした位置に寸分違わず飛行機をぴたりと停めると、その度に首を傾げて驚いていた。これは航空母艦ではとても重要視される技術なので、私は空母蒼龍に配属されたのだと思う。私は訓練生たちに遠くの山の緑を見て視力を鍛えるように指導していたが、坂井君は「俺は昼間に星が見えるんだ」と自慢していた。とても陽気な性格は顔にも表れていて、いつも楽しそうにニコニコしているので、一緒にいるとこちらまで楽しい気持ちになってしまう不思議な力を持った男だ。筋金入りの明るさは、どんなに疲れていても崩れることはなく、その性根の据わりようにはこちらが驚かされた。

西澤君は私と同じ長野県出身で、女性が皆振り向くほどの美男子だった。その顔からは想像もつかないほどの計り知れない闘争心を持っていた。逃げる敵を後ろから追いかけて撃ち墜とすことに嫌悪感を抱いていた彼は、正面から敵と空戦を交えることを信念とする、まさに侍と呼べる男だった。

奥村君は私が延長教育を受け持った後輩のひとりであるにも関わらず、操縦の技術が私よりも上だった。走るのも水泳も何をしても私が及ばない身体能力を持つ男で、前戦では中隊長や小隊長を任され部下を非常に気遣う豊かな包容力も兼ね備え、統率力にも長けていた。それは見事に風采にも表れていて、鍛え込まれた体と頼もしい面構えは、まさに明王のようだった。残念なことに、奥村君はこの一年ほど後に未帰還となった。その時のことを戦後、奥村君の後輩が教えてくれた。

ラバウルも昭和18年にはどんどん負け戦になって食糧などの物資も滞り、体が弱りフラフラになった搭乗員が出撃前に栄養剤を注射して飛んでいたらしい。奥村君はいつも「お前たちが先に打て」と後輩から先に注射を打たせていたそうで、出撃時刻がきてしまい奥村君は栄養剤を打たずに飛び出すことが度々あったようだ。上下左右に凄まじい重力がかかる空戦において貧血は天敵である。人並み優れた体力に恵まれた彼もそんなことを繰り返すうちに撃墜されてしまったそうだ。

小園安名隊長は佐伯航空隊でお世話になり、日中戦争から同じ空を飛んだ方で、少なくとも後輩の私には偉ぶったそぶりをひと欠片も見せることなく、それでいて軍人精神の塊の様な空気を纏った方だった。古事記をもとに大和魂を重んじていて、人情にも厚く、私はこの人からたくさんのことを学んだ。

そして岡村基春さん、第十二航空隊でお世話になった塩田大尉、相生高秀さんなど海兵団あがりの私の大好きだった方々が代わる代わる枕元に来ては私に「生きなさい、生きなさい」と呼びかけてくださった。

数日後エスペランス岬の沖に駆逐艦が着くので、私と佐藤君をそれに乗せろという命令が下った。岬の海岸までは約20キロ、やっとけもの道があるかないかのジャングルを抜けなければならない。私は立ち上がるだけでも辛かったので、とても歩き切る自信がなかった。

私と佐藤君は、案内と介添えをしてくれるふたりの若い兵隊とお世話になった基地を後にした。指揮官は私たちを笑顔で送ってくれた。

意識が朦朧とするなか、おぼつかない足取りで暗いジャングルを進むのだが、高熱のせいか目の前がグニャグニャに歪んで天地がわからなくなり、転びながら休みながら、先を歩く案内をする兵隊を見失わないように努めたが長くはもたなかった。佐藤君と介添えの兵隊に両肩を支えられ本当に迷惑をかけていることが歩くこと以上に辛くて「俺のことはいいからここに置いていってくれ」と頼んだ。介添え役の兵隊の返事はこうだった。

「それはできません。あなたを見殺しにするのは構わないが、もしあなたがここでアメリカ軍に見つかればここら一帯はヤシの木が一本残らず焼き払われて、我々の基地も発見されるのが早まってしまう。だから頑張って歩いてください」

私は引き摺られるようにジャングルを進んだ。すべてがどうでもいいと感じた。天を見上げるとヤシの葉の間からギラギラした太陽が、あの世からの光に見えた。私がここに不時着してから一度も雨が降っていない。恐らく気温は相当に暑いのだろうが私だけは歯がガチガチと鳴るほど寒かった。意識がこと切れそうになるたびに江島教官の獅子のような顔が金歯を剥き出して「馬鹿、駄目だ、何をしているんだ」と罵声を浴びせてくる。するとどうにか地面を踏みしめる感触が戻り、進むことができた。どれくらいの時間がたったのかまったくわからないが、何とかエスペランス岬に到着した。

私たち4人の他にぐったりした兵隊が何名も横になっていた。私たちは茂みに入り全員で腰を降ろした。「着いたのか?」と佐藤君に尋ねると「そうだ、よく頑張ったな。ここで船が来るのを待とう」佐藤君のその言葉を聞いて私は意識が遠のき、倒れ込んでしまった。

やがて頭の奥で飛行機の爆音と激しい機銃掃射の音がどんどん大きくなり、気がついて意識を取り戻した時には辺りは真っ暗だった。兵隊たちの声が飛び交っていた。飛行機の爆音が近づく度におびただしい銃弾の掃射音が枝や砂を舞い上がらせていた。佐藤君が私を覗き込んで何か言っていたが聞こえなかった。

私は終わったのだと悟った。

掃射音が一瞬やんで、その隙を突いて海岸に停泊する上陸用舟艇に乗り込もうと兵隊たちが次々に移動を始めた時、照明弾がさく裂し、辺りが真っ白に明るくなりバリバリと機銃掃射が再び響きまくった。兵隊の呻き声が幾つも聞こえ、何人かはまるで糸をすべて緩めた操り人形の様に砂浜に倒れると動かなくなった。照明弾の光が消えそうになった時、私はふたりの兵隊に担がれた。響く掃射音の中、幸いにして我々には弾が当たらず、船に乗せられたことまでは覚えているが、再度照らす照明弾のまぶしい光の中でまた意識が切れた。

随分長い時が流れたと思う。明るい部屋で目を覚ました。ベッドの白いシーツの上で横たわる体は動かない。視力だけが戻ってきた。まずいことになった。私は捕虜にされてしまったに違いない。そう判断し、やっと首を動かして光が差し込む窓の方を見ると、母親の幽霊のようなものが見えた。

母は「もういいよ。お前は充分やったんだから」と言って消えかかった。

「お母さん」と呼んだが完全に姿が見えなくなった。

しばらくの間、何だったんだろうと考えてはみたが我に帰り、捕虜になることだけは避けたいと体をよじって起き上がろうとしたが無理だった。何としても逃げなくてはと力を込めたが、どこにも力が入らない。逃げると言っても生きる為ではなく死ぬ為だ。敵は捕虜を絶対に殺さないらしい。しかし逃げればすぐに撃ち殺してくれる。だから捕虜になったら逃げなさいと教えられていたので、私は死ぬ為に逃げようとした。ところが体が思うようにならず、ベッドからドスンと落ちてしまった。物音を聞いて駆けつけた女性が部屋に入ってきた。

「大丈夫ですか？」日本語だった。

女学生のようなあどけない顔をした日本人の看護婦は、床に転がる私の顔を覗き込んで「大丈夫ですよ、兵隊さん」と言った。私は呆気にとられて「ここは何処です？」と尋ねた。

「兵隊さん、ここはトラック島の第4海軍病院ですよ。だから何も心配いりません。腕の傷の手当てもしてあるから、ゆっくり休んでください」

そう言って私の両肩を掴みベッドに持ち上げようとしたがひとりでは無理だったようで、私を座らせると「先生を呼んできますから待っていてくださいね」と言って部屋を出ていった。私は声にならない声で「また助かったぁ」と叫んだ。左腕は包帯がぐるぐるに巻かれていて動かなかったが痛みも治まり5本の指は動いた。すぐに看護婦と先生が戻ってきて再びベッドに戻され、安堵に包まれて眠った。

私が11月12日に運ばれたトラック島北岸の茂みの中にある第4海軍病院は設備も建物も整っていて、巨大な高床の木造建築の病棟は楽に500人以上収容できる施設だった。雨が少ない為、真水には乏しかったようだが、必要な水分は豊富な果物から充分に得ることができた。左上腕の腐ってしまった傷はチンキで消毒され表も裏も縫合されており、どうやら腕を切り落とすことは免れた。ただし、先生は「相当に筋肉が損壊したうえ化膿していた部分を切除したので元には戻らないだろうし、恐らく力を込められなくなるだろう」と言っていた。

佐藤君はここに着いてから少しだけ休養を取り、体力が回復した時点ですぐに原隊に戻されたそうで、私が意識を取り戻した時には会うことができず、一言のお礼を告げることもできなかった。不時着した時に佐藤君と会えなかったら私は間違いなくここに辿り着いてはいない。私は何がなんでももう一度佐藤君に会って感謝の気持ちを伝えたいと願い、毎日佐藤君の武運を祈った。

やがて薬で熱も下がり、栄養も充分に口から摂取できたので、日に日に体力を取り戻しつつあったが、治療がまだ必要と診断され原隊には戻されず一旦内地に帰されることになった。つい数日前までの地獄のような状況から一変したこのトラック島での天国のような時間は、活力と希望を与えてくれた。

ただし、ここに辿り着いた負傷兵たちが皆、私のように回復に向かうわけではなく、私がいる間にも何人もの兵隊が衰弱して死んでいった。

11月17日、私は病院船《氷川丸》に大勢の重傷患者たちと乗船し内地に向かった。船に乗ると責任者から声をかけられ「あなたが軍人たちの指揮官になってください」と頼まれた。「とんでもない。自分でも朦朧としている者が指揮官なんて、とてもじゃないけどできません」と答えると「古兵で海軍の零戦搭乗員なんだから、皆も言うことを聞くでしょう。どうか引き受けてください。特に何かをやってもらいたいわけではないから」と言うので仕方なく引き受けることにした。

氷川丸には栄養失調になった人たちが大勢乗っていて、階級のわからない陸軍の人や、基地建設の為に集められた民間の人が大多数を占めていた。私はお世話になった特殊潜航艇の基地で多くの栄養失調の人が固形物を食べては死んでいくのを見ていたので、瘦せこけて歩くのも困難な人には「食べちゃ駄目だよ。我慢して流動食からやっていかないと死ぬよ。生きたかったら食べるな。死にたかったら食べなさい」と指示をした。

しかし、いくらそう言って聞かせても病院船の中には何かしら食料があるものだから、こっそりそれを食べてしまう。出航後は何とかそれを止めようとしたが私もふらついていて、まごまごしているので何人かがそうやっては死んでいった。

「駄目だよ」といくら言っても症状がひどい人ほど食べてしまう。恐らく脳もちゃんと動いてはいなかったのだろう。「わかった、わかった」と頷いていたかと思うと食べて、苦しんで死んでしまう。甲板の上には何体も死体が並んだ。南国の熱い空気がどんどん死体を腐敗させていくので、最初のうちは船にあった大きな日の丸や海軍旗に包んで錨のシャックルという重い金具を付けては海に沈めて弔っていたが、やがて包む旗もなくなり死体にそのまま重りを括り付けて水葬した。目の前の現実があまりに惨たらしく、身体は勿論のこと、精神的にもおかしくなってしまい、比較的元気な兵隊に指揮と重病人の管理をお願いして、船の中ではずっと横になっていた。

その間はものすごく長く感じられたが、5日ほどで呉に到着していた。その時には遂に歩くことができず、担架に乗せられての帰国となった。

運ばれた先の呉の病院は充分な設備で、真心のこもった治療をして頂き、体力も気力も少しずつ回復して、歩行と軽い運動ができるようになった。

そこから横須賀に転院が決まり治療が続けられた。階級がふたつ上がって准士官となり、勤務先が横須賀鎮守府附から霞ヶ浦航空隊附に変わり、後者の海軍病院に移った。ある程度身体が動くようになると隊と病院を往復して仕事に復帰した。私にとって霞ヶ浦は7年前に飛行練習生として暮らした第二の故郷とも言える場所だったので、ここに帰ってこられたことは気持ちの上でも大いに助けとなった。当時の恩師たちは残ってはいなかったが、私の原点となった江島教官との記憶や、この場所で感じた様々な感激が、まるで昨日のことのように蘇った。左腕に力は入らなかったが動かせるようにはなってきた。ただ肺がすぐに苦しくなってしまい、てっきり不時着の時に気化した燃料を大量に吸ったせいかと思っていたら、逆さまになって地面に叩きつけられた時に胸を強打していて、胸膜が損傷し、そこが癒着していたのだった。まともに歩けるようにはならず、10メートル歩くと胸が苦しく痛み、小休止してから動くのが関の山な状態だったので、入退院を繰り返しながら、時々、練習機の後ろに乗っては操縦の指導をする程度の働きしかできず、仲間たちが最前線で今も生死の境目を全速力で飛んでいるかと思うと、自分の状況の不甲斐なさにいらついた。

霞ヶ浦に移って間もなく、精が会いにきてくれた。上野駅で最後と覚悟して別れたのに、こうして再び妻の顔が目の前にある。あの時は田んぼに行ったままの姿で化粧もしていなかったが、この時は普段着で少し化粧をしていた。また会えてよかった。他には何もない。少し大きくなった息子と妻に会えたことをただ喜んだ。

精は「生きていてくれればいいんです」と何度も言ってくれた。私は「何度も諦めそうになったよ。でもその度にたくさんの先輩や後輩が目の前に駆け付けては、生きなきゃ駄目だと励ましてくれたんだよ」と話をすると「何を言ってるんですか。あなたをそう簡単に死なせるわけがないじゃないですか。殺されて堪るもんですか」とむきになって自分の願いの強さが私を死なせなかったのだと言わんばかりに怒ってきた。私はあらためて妻の存在というものは、頼もしいものだなと再確認した。

精は「こうして病院で横になってばかりいるのなら長野に帰ってきて養生してもいいじゃないですか?」と言うので「いやいや軍隊という所はそんな生易しいものじゃないよ。皆が命懸けで戦っている間にこうして私が入院して手厚い看護を受けているだけでも充分にありがたいことなんだ。そんな無理なことを言わずにまた会いにきてくれればいい。もう少し体が言うことを聞くようになって病院生活が終わったら、お前も霞ヶ浦に来て暮らせばいいじゃないか」と我儘を言い出した精をなだめた。

「じゃあ約束ですよ。あなたが元気になったら私とこの子はこちらに住みますよ。お父様とお母様が反対してもそうしますからね。一日も早くよくなって大分の時みたいにまた家の上を飛んでくれる日を待っています」と納得して長野に戻った。

精は霞ヶ浦に何通も手紙をくれた。内容は毎回、早くこちらにきたいというものだった。一度はもう今世で会うことはないだろうと思って、さようならをした精にまた会えた時から、それまでは自分の命は自分のものであり、どう使おうとも自分の納得する形で終わらせればいいのだという考えから、自分の命というものは自分だけのものではなく、精や息子、そして私の命を支えてくれている人たちのものだという考えに変わった。それはその人たちの為に生きるという意味合いではなくて、私の命を私よりも大切にしてくれている人たちがいるのだから、単純に私の命はその人たちのものであり、私が好きにできるものではないということに確証を得たのだ。

それは今、１００歳を迎えようという時点でも変わらない。90歳を過ぎた頃から周りの人がどんどんいなくなってしまうし、遂には精にも先立たれてしまったから、時々疲れ果てて「もうあっちに行きたい」とか「早く連れてってほしいな」と口走ることもあるが、それは本心からなのである。生き続けたいという気持ちよりも「楽になりたい」と思うのだ。ただここで私の自由にならないのが私の命だから、なかなか死なないのかもしれない。精もいなくなった今、誰が生きなさいと思っているのかはわからない。

私が霞ヶ浦に移り1ヶ月ほどたった頃、充分に歩き回ることはできなかったが、練習生の指導はこなせるようになって、病院へは時々通う程度になってきた。上の人は私が時々胸を押さえているのを知っていたようで、連日「原田、辛かったら病院に行きなさい」と言ってくれるものだから、あまり心配をかけても申し訳ないと思い再度入院することになった。

すると医師が「原田さん、ゆっくり静養することが約束できるなら一度奥様の所に戻ってみるかね？」と言った。もしかすると病状がなかなかよくならないことに痺れを切らした精が先生に頼み込んだのではないかと思い「それはできません。みんなが命懸けでやっているのだから。私が家でゆっくりするわけにはいきませんよ。もしかして私の妻が変なお願いをしたのでしょうか？」と尋ねると「いや、そんなことはないよ。特別な治療をしてすぐに治るものではないから病院にいてもご実家にいても、気持ちと体を安定させて静養すればだんだんに胸膜も剥がれて肺も幾分楽になるから、2週間ほど帰りなさい」とまるで子供を諭すように言った。

少し迷ったが、父や母の顔も見たい気持ちも幾分あったので「はい」と、その提案を受け入れた。

昭和18年2月、長野の実家は深い雪の中だったが、家の中は病室と同じくらい温かかった。私の帰りを両親はとても喜び、父は村の人たちを呼んでは楽しそうにお酒を飲んでいた。母は毎日、貧しい長野の田舎の家には不釣り合いな豪華な食事を出した。私が「基地や病院では良い物を食べさせてくれるからそんな贅沢はしなくてもいいから」と言っても一向に言うことを聞かず、「これを貰った。あれを貰った」と言っては美味しい魚や肉を食卓に並べた。体を壊している私に少しでも健康を取り戻してほしいという願いだったのだろう。私は医師の言い付け通り静養を心掛けて昼間は縁側で本を読んだり、庭で柔軟体操をして過ごした。精は朝早くから暗くなるまで畑仕事や家事、そして長男の育児をこなし夕飯の後片付けをすると、風呂に入っている私の背中を流してくれた。左腕の貫通銃創を両手で押さえては何やら呪文を唱えていた。不思議なもので風呂から上がると幾分左手の動きがよくなったような気がした。静かな長野の実家の縁側で星空を見上げると、長沢源造君のことや直接私が撃墜したアメリカの兵隊たちの顔が浮かんでしまう。ミッドウェーの巻雲の甲板の地獄のような光景や内地に戻る氷川丸での出来事が頭の中に蘇り、こめかみや首に重い痛みが走って、大きな声で叫びたくなるので、できるだけ頭を休めないように仏教の本や漢詩の本などに目を向けるようにしていた。

毎晩就寝前には、小一時間ほど精と色んな話をした。精は戦場で私に起きた出来事について何度も尋ねてきたが、私は極力、立派な上官の話などをして絶体絶命の状況や惨たらしい話はしないよう努めた。これには複雑な気持ちがあり、私自身が折角こうして妻と顔を合わせている時に何も辛い気分になりたくないという気持ちと、精を心配させたり悲しい気持ちにさせることが、これから夫婦の営みをすることに邪魔をするという思いから、極力ふたりがほっとして笑顔になれるような話題に流した。肺が苦しくなって途中で眠ってしまうこともあったが、私が長野にいる間、欠かさずに私たちは愛し合った。この間に精は長女となる千代子を身籠った。

この後、霞ヶ浦に戻り通院と教官の仕事を続けることになるが、体調も徐々によくなり殆ど病院にも行かずにすむようになった頃には、基地の近くの寮に精と2歳になった長男、寛樹が引っ越してきて、一緒に暮らせるようになった。

昭和18年12月24日、霞ヶ浦にて長女、千代子誕生。私は千代子の誕生を喜びはしたが長男の時もそうであったように、飛び上がるような喜びはなかった。

今では考えられないことだが、この時代は男尊女卑の風潮もあり、女の子が生まれると大人にするまでにお金がかかるばかりで家にとってはあまり嬉しくないというのが一般的な考え方であった。私も例外ではなく「あー、女の子だったか」という思いはあった。

仕事から戻り長男寛樹の成長を見ては心が和んだ。私はもうすぐ100歳を迎えようとしているのだが、この長男の寿命は短めだったようで、2004年に63歳で先に死んでしまった。その6年後2010年の11月には、17歳の時から70年連れ添った精も先に逝ってしまった。

現在私は、この霞ヶ浦であまり喜ばれもせずに生まれてきた千代子の手を借りて、かろうじて生命を繋いでいる。精が体調を崩した2006年頃から娘の千代子は東京から通って、この長野の実家の面倒を見てくれた。精が家事などをできなくなった2008年頃からは東京の家をそのまま放ったらかしにし、婿さんとふたりで長野に来て私の面倒を見続けてくれている。つくづくこの子がいてくれて今があるのだと感謝する毎日だ。この子の行き届いた世話がなければ精が他界した時に、すでに94歳になっていた私は、こうして今も生きている筈はない。千代子は学生時代に卓球で国体に行ったほど運動神経に恵まれ、今年73歳を迎えるが、坂道だらけの我が家の周りを、急ぐ時にはいまだに走って移動するほどの体力を持っている。こうしてみると長男には当てはまらなかったが、長寿の遺伝はあるのかもしれない。

霞ヶ浦に話を戻そう。長野の実家から霞ヶ浦に戻るとすっかり陽気もよくなり、心地よい青空を練習生の後部に座って飛んだ。練習生たちには3通りあった。海軍兵学校卒業の人、私のような下士官、そして学徒から選ばれた予科練の人たち。それぞれ同じように教育することは難しかった。練習生たちは私の実践体験に興味を持つ者が多く、技術的なことや死線からの帰還について断片的に話をした。ただし私はいつも最後にこう付け加えた。

「空中において二度と同じことが起きることは、同じ様な条件にあってもあり得ない。その時々の一瞬の判断力が生死を分けるので、いつでも落ち着いて的確な反射行動ができるようにしておきなさい。私の体験はあくまで私に起きたことで、あなたたちはそれぞれ初めての体験をするだろうから、ここにいる間に高い技術を身に付けてその時の準備をしておきなさい」

私は自分が経験を積んだからこそ人に物を教えることができるようになった。それは当たり前のことだが、私にとってはとても大きな喜びだった。何故なら私よりも格段に上の人たちから学ばせて頂いたことを次の若い人たちに繋げる役目をして、その相手からお礼を言われることは、私が先輩たちから頂いたものを少しずつ、その方たちにお返しをしている気持ちになれたからである。

霞ヶ浦航空隊では、突然の米軍の本土空襲に備えてすぐに飛び上がれる調整の行き届いた3機の零戦が用意されていた。そのうちの1機が私専用だったが、私の身体はとても飛び立って戦える状態ではなかった。上官たちもそれを認知していたが「いざという時にお前の身体がいうことを聞いてくれるのを期待する。今のところはお前の代わりがいないから、早く戦えるように体を治しなさい」と言ってくれた。私にとっては絶大な励ましであった。

2年ほど霞ヶ浦にいたが、幸いにして出撃が必要な事態は起きなかった。私は毎日訓練の指導を生き生きとやった。空を目指す練習生たちの心はとても純粋で、学びに対して必死に取り組む姿勢には凄まじいものがあった。その中でも素晴らしく礼儀を重んじ、真剣な眼差しで取り組んでいた人を担任できたことは私の誇りでもある。

「特攻第一号」と呼ばれている、当時ふたつも階級が上だった海軍中尉の関行男さん。同じく海軍兵学校出身の蔵田脩さん。機関学校出身の鈴木さん。この3名は階級では下の准士官である私にも、技術教官としての敬意を払って頂き、丁寧な言葉遣いで礼節を大変重んじる方たちだったので、最初のうちは訓練中であるにも関わらずとても緊張した。

穏やかな風貌を備える鈴木さんはこの時、肺結核を患っていて、私が体調を崩して入院していた時にも一緒に入院していた。鈴木さんは孔子や哲学の話題が豊富で人生観や徳についてありがたい話をしてくれた。私もそういう話は大好きだったので、大変共感するものがあった。私は退院したが鈴木さんの病状は日に日に悪化して、残念ながらそのまま病院で亡くなってしまった。

関さんは私が教官をした中でもずば抜けて才能と魅力を持った方だった。身長は180センチ以上ありスマートで足が長く大変整った凛々しい顔には鋭い鷹の様な目が輝いていた。私はこの人を最初に見た時、きっと素晴らしい家柄の御令息に違いないと推察した。ところが彼の育った環境はそんな良いものではなかったことを後で知って、つくづく彼の備える人間力に驚かされた。鋭い目とは対照的な大人しい性格をしていたが、それでいて大胆な一面も兼ね備えるこの美青年は豊かな感性にも恵まれていた。私は中間練習機の後席に同乗し、離着陸から始めて、アクロバット飛行、編隊飛行を指導した。彼はとても覚えるのが早く、実用機の訓練に入ってからは難度の高い母艦着陸もたちどころにこなしてしまった。射撃や空戦の訓練も同様にいかなることも敏速に体得するだけでなく、研究熱心さは人一倍で、必ずこちらの期待を上回る結果を出してくる。天は二物を与えずというが、彼は二物どころか人間の長所ばかりを集めた非の打ちどころがない男だった。こういう人間に出会ったのは初めてだった。関さんは上層部からの命令で、戦闘機ではなく艦爆専修として訓練をしていた。航空隊の指揮官を任ぜられることが決まっていたのであろう。古物商だった関さんの父親はこの時すでに亡くなっていたが、子供の頃からその父は家を空けることが多く、決して豊かではない環境で、殆ど母ひとりに育てられたそうだが、ここまで立派に成長した彼の強靭さには驚嘆せざるを得ない。私は彼とこの霞ヶ浦で2年近くも共に過ごした。練習生の頃、訓練が終わってから地上で話をする際に、彼は私より遥かに背が高いので、いつも腰をかがめ首を少し突き出すようにして、なるべく私と視線が真っ直ぐになるように小さくなろうとしていたから「そんなことをする必要はありませんよ。遠慮せず真っ直ぐ立ってください」と私が言うと「いえ、教官に助言を伺うのに見下げるような形では私が心苦しいのでどうぞ気にしないでください」と答えた。「それなら座って話をしましょう。これからは立ち話をするのはやめましょう」それ以来私たちはゆっくり座って話をするようになった。

戦い方や航法は勿論、ミッドウェーの混乱した戦場の有り様や、咄嗟にエンジンを切って炎上を免れたガダルカナルでのことなど私がそれまでに体験した殆どのことを彼に話した。江島教官をはじめ私の恩師たちの話を真剣に聞いてくれては時々難しい質問も投げかけてきた。私と妻の話もしたが、そういうことにも興味があるようだった。それについては、会ったこともない人と顔を合わせた翌日に結婚をし、それが間違いではなかったということに首を傾げて不思議がっていた。

私がセイロン島で母の形をした雲に助けられた話をした時には「そんなこともあるのですね」と自分の母親のことを語ってくれた。彼は疎遠だった父親には他人行儀だったらしく、ずっと一緒に苦労をした母親に対して深い愛情を抱いていた。彼の母親は貧しい農家に生まれ、幼い頃に災害で父親を亡くし大変苦労をされたそうだ。22歳になった時18歳年上の彼の父、関勝太郎と出会い彼を産んだが、家庭的ではなかった父親は母を大事にはしていなかったので、子供の頃はそんな母親を楽にしてあげたいという気持ちから無我夢中で勉強をしていたらしい。恵まれた体を活かし長い手足が有利となるテニスに夢中になり中等学校の時には代表選手に選ばれた。あらゆる面で反射神経が優れており、瞬敏で的確な行動力を備える彼の資質はテニスによって鍛えられたものと思う。高等学校に行く段階では、日中戦争の影響で父親の仕事が傾き、経済的な理由から優秀な名門校を諦め、それと同じくらいの学力がないと入ることのできない海軍兵学校を選んだそうだ。家庭的ではなかった父親もこの時ばかりは「金は何とかする。せっかく頭が良いのだから海兵ではなく、普通の学校に行って学校の先生になりなさい」と教員の道を勧めてきたが、関さんは父親に「この非常時になまぬるい。俺は軍人になる」と言い張って海兵に入った。それから間もなくして彼の父は死んでしまった。この時は彼も軍人の道を選んだことに迷いを感じたらしい。父勝太郎の言うことを聞いて教員になっていれば、愛媛にひとり遺された母親の傍らで、悲しみや不安を和らげる助けができたかもしれない。

そして昭和16年11月、私が蒼龍でハワイ攻撃の為に北海道の単冠湾に向かった頃、彼は海軍兵学校を繰り上げ卒業し、戦艦《扶桑》に乗り組み、支援部隊として出撃していた。その後ミッドウェー海戦の時は水上機母艦《千歳》に乗り組み、ガダルカナル島への陸兵輸送に配置された。それから転勤を経てここ霞ヶ浦航空隊に配属された。練習生の過程を終えた関さんは昭和19年の1月に教官になった。その時の彼は私が最も大きな存在と感じている江島教官と同じ指導方法で厳しい教育をして練習生たちから恐れられていたようだが、尊敬もされていた。

昭和19年5月中尉から大尉に進級した彼は恋愛をしていた満里子さんという良家のご令嬢と結婚された。そして同年9月に小園安名さん率いる台南海軍航空隊へ転勤していった。

翌月、レイテ沖海戦において零戦に250キロ爆弾を搭載し体当たり攻撃をする作戦が決定され、関さんは当時新婚だったにも関わらずその攻撃に何度も志願したそうだ。その時の心境を私に測り知ることはできないが、子供の時から苦労を重ね、文武両道で人並み以上に優れた能力を持つ彼が遺した教え子たちに対する遺書には「教え子よ散れ山桜此の如くに」とある。この攻撃を先頭になって遂行することによって、絶体絶命の日本を自分たちが犠牲となって守り抜かねばならない、それに自分の命を差し出すことが定めであると確信したのかもしれない。

出撃前に神風特攻隊の総指揮官となった彼は、母親と妻の両親、妻の満里子さん、そして教え子たちに遺書を遺し決意を固めていた。

関さんは丁度そこに突然訪れた海軍報道班員小野田政氏に驚き、拳銃を突き付け「こんな所に来てはいかん」と怒鳴りつけたそうだ。小野田氏が、自分は報道員であると身元を明かすと落ち着き、ふたりは外に出てこんな話をしたらしい。

「日本もおしまいだよ。僕なら体当たりせずとも敵空母の甲板に爆弾を命中させる自信はあるんだ。天皇陛下の為とか大日本帝国の為に行くんじゃない。最愛の妻の為に行くんだ。日本が負けたら妻は米国の兵士に強姦されるかもしれない。僕は彼女を護る為に死ぬ」と言ったそうだ。これが本意かどうか推し測ることはできないが残念ながらその言葉通り、この非の打ちどころのない青年は10月25日、敵の護衛空母に体当たり攻撃を成功させて、23歳という若さで散華した。

私は今でも関さんの母親のことを考える度に、人間社会の情けないほど愚かな部分を感じてしまう。関さんは、敷島隊五軍神のひとりとして、また特攻第一号として、神風特攻隊の広告塔となっていた。

戦時中、軍神と讃えられた関さんの母親のもとには尊敬の念を持ってたくさんの人が訪れたと聞いている。

しかしその後敗戦となり、戦後は軍神とされたことが仇となってしまった。周囲の人の状況は一転し、関家は日陰の存在になるどころか石を投げられるようなこともあったそうだ。

被害が及ばぬようにと、妻となった満里子さんには再婚を勧め、敗戦となったことで恩給も支払われず、日々の生活にも困窮していった。関さんの母親は、ひとり草餅の行商をして生活を繫ぎ、後に中学校の用務員となり、日本一の小使いさんだと周りの人や生徒たちから感心されるほど、隅々を掃除していたらしいが、その過労からか57歳の時、用務員室で倒れ急死されたそうだ。

さらには関さんと母親のお墓が建ったのは終戦の年から8年も過ぎてのことだった。自分がよしとしていたことを、政権交代や世界情勢の変化によって掌を返したように態度を変えるという愚劣極まりない行為が、たくさんの悲しみを作る。私は終戦から70年以上たった今でも、この世の不憫な救いようのない出来事に首を傾げ続けている。

同じ頃、私をジャングルで助けてくれた佐藤寿雄君が、私とトラック島で生き別れになってからも何度か出撃したが生き長らえて霞ヶ浦に配属されてきた。

かねてから念願していた再会を果たし、私はとても喜んだ。佐藤君もしぶとく生き残っている私を見て幾分ふっくらした顔をほころばせ、涙を浮かべて嬉しがってくれた。あのガダルカナルのジャングルの中でこの人に出会わなければ私は確実に死んでいたに違いない。私はあれからずっと言いたかったことを彼に告げた。

「こうして生きて帰って海軍の仕事を続けていられるのも、妻や子にまた会うことができたのも、君の世話と激励があったからだ。心から感謝している」

彼はこう返した。

「俺も原田君に会ったから助かったようなものだよ。ひとりだったらすぐに自決していたと思う。あれからのガ島はまさに地獄でね。見たくもないものをこれでもかというほど見たよ。何よりお互いこうしてまた会えてよかった。トラック島の海軍病院で君が意識を取り戻すまで待っていたかったんだが、その前に命令が来たんでね。黙って去って悪いことをした」

佐藤君は生命力の強い人で、その後の劣勢な戦闘でも出撃を繰り返したが無傷で内地に戻った奇跡的な人だった。私は彼に会えたことでつくづく人の縁というものは不思議なものだと思った。

その後は、ちょくちょく顔を合わせてはジャングルの道中や生き別れてからのお互いの体験をさかのぼり、今となってはこうして想い出として語り合うことができることに何度も笑って感謝した。

彼は艦爆の操縦をしていたので急降下の攻撃においてはベテラン中のベテランだった。

ある日、参謀の偉い人が霞ヶ浦に来て「特攻を志願する奴はいないか?」と尋ねられた時に「おい原田、こうなったら仕方がない。俺は行くよ」と佐藤君が言うので、私は冗談かと思った。彼は私より2年年上で妻とひとりの幼い男の子がいた。

「何も早まらなくてもいいじゃないか。何度も死線を彷徨って今も生きているんだから通常の爆撃をした方がいいよ。特攻して敵艦を仕留められるとは限らない。いよいよという時が来るまで待った方がいい」と促したが、どうやら彼は本気だったようだ。

志願する書類を書き出しながら「いや、俺は行くよ。原田、君も書けや」と、初めて見る険しい顔で私を睨んだ。そしてその目は「俺の決意は変わらんよ」と私を威嚇した。

「俺はいやだよ。零戦が２５０キロの爆弾を積んでヨタヨタしてるところにＦ６Ｆに絡まれたらおしまいだ。俺は零戦で敵の戦闘機とやれと言うならいつでも行くよ。卑怯で言うわけじゃないけど、重い爆弾を抱いていくのはいやだよ。俺は書かない」

私は若い人たちの教官をしていたが、彼らが特攻に行くのを見るのが死ぬほど辛かった。教え子たちは少し乗れるようになると、早く出してくれとせがんできた。

「まだ早い、まだ早い」と少しでも訓練を長引かせることに努めた。国は早く出せと催促してくるが、やっと飛び立てるくらいになった練習時間の少ないその子たちを行かせても、戦果を挙げるどころか飛行機も弾薬も燃料もすべてが海の藻屑となってしまう確率が高い。唯でさえ悪い条件の飛行機に、まだ未熟な搭乗員を乗せて魂で飛んでいけと言っても、敵の特攻に対する迎撃は日に日に増強されているのだ。ところが若者たちの中には一刻でも早く国の為に特攻させてくれと願い出る人が大勢いた。私はそれを抑えるのに必死だった。

佐藤君のような歴戦を重ねた大ベテランにおいても通常より遥かに重い爆装をして、高性能な米戦闘機が襲ってくるなかを、敵艦からの集中砲火を縫って体当たりすることは至難の業どころではない。佐藤君は今、私の目の前でその決意を固めてしまったようだ。誘いを拒絶した私をじっと見つめてしばらく考え込んだ彼は「達者でな、原田」と私を追い払った。佐藤君とはそれが最後となり、彼は台湾沖の特攻で戦死した。

私はその後も特攻の志願はしなかった。新しい命を身籠り日に日に大きくなる精の腹を見たり撫でたりするたびに、人間として命の始まりの神秘を感じ、その瞬間は戦争や苦しさから解放された。しかし同時に軍人という立場から、わずか15年ほど前に母の胎内で形となりこの世に生まれ、ようやく咲きかけた命の花を、自ら散らそうという血気盛んな若者たちに対して、死ぬ為だけの訓練を毎日続けなければならないという皮肉な状況だった。

私が教官を務めた蔵田脩さんは霞ヶ浦航空隊から朝鮮の元山航空隊に移り、そこで特攻隊の隊長になっていた。昭和19年1月、私は精と長男、そして12月24日に生まれたばかりで首の据わらない長女千代子と3人で暮らしながら練習生の後席に乗り、指導に明け暮れていた。そこに元山の蔵田さんからの提案で、私に「元山へ移動せよ」と転勤命令が下った。死を覚悟してガダルカナルに行き、墜落したが命を繋いで妻と子に再会し、こうして家族で暮らすということを味わった私は、この時ばかりは判断に困ってしまった。元山に行くと言っても「すぐに特攻せよ」ということではなく操縦の指導の手伝いに必要とされたのだろうが、あちらに行けばいずれは私も特攻することは目に見えていた。なかなか気持ちの整理がつかないので、痺れを切らしてこの命令を精に「元山に転勤になった。特攻隊だよ」と告げた。

あれほど「死なないで」と拝んでいたのだから、てっきり悲しむと予想していたが、ひとつの動揺も見せずに私の目を見て言った。

「それなら私もこの子たちも一緒に元山に行きます。あなたひとりに死んでもらっては困ります。国に命を捧げることはずっと前から覚悟しています。私は、あなたが死んだらこの子たちも一緒に自決します。だから私たちも一緒に行けるようにしてください」

女性がこれほどまでに軍国の状況を理解し、覚悟を決めていることに驚くどころか呆気にとられた。今にして思えば、こういう女性が当時はたくさんいたのではないかと思う。国の為に自分や子供の命までも捧げることを当たり前とするような世間であったことは事実だ。例外なく20歳の精は「軍国の母」そのものであり、私の躊躇いも消えて元山に行くことを承知した。

絶体絶命な状況は何度も体験していたが、この時はさらに苦しい状況だった。自分だけではなく妻と子供の命が特攻で散るとは何たることだ。集中砲火と敵戦闘機の攻撃をくぐり抜けて敵艦の艦橋や甲板に体当たりすることは8割がた不可能であるとの確信があった。せめて戦果を挙げることができれば少しは慰めにもなるが、この救われない状況は、心ばかりでなく強烈な頭痛を伴い何かを考えるという力も奪った。

あくる日も、その次の日もただ瞬間を噛み締めるように暮らした。教え子たちには私が口にできることはすべて話し、教えておけることは山のようにあったので、訓練の合間も休憩を取らずに伝え続けた。

仕事が終わると長男と戯れ、いやがって泣きわめく娘をあやす。小さなこの子が泣き疲れて私の胸でうとうとすると例えようのない心地よさを感じた。精は黙って家事をこなし晩酌の相手をしてくれた。いよいよだということもあってかあまり会話は進まなかった。酒は美味くも不味くもなく、私の周りを流れている時間が一秒一秒幸せを刻んでいるが、その時間はもうすぐ終わるのだ。

精がひと月生きた千代子に乳を与えながら「この子たちはこんな大変な時に生まれてきたけれど、あなたたちのお力で、日本はまた平和になるでしょうね。女の子も私たちとは違って、もっと自由に色々なことができるようになるでしょう。今こうしていると、あなたが生きて帰ったことも、この子がここにいることも不思議でなりません。私はつくづく幸せですね」

この時ほど、戦争の犠牲は兵士や国家だけではなく、女性や子供たちなのだと実感させられたことはない。目の前にいる妻とふたりの子供の命は、敵ではなく戦争と私によってなくなってしまうのだ。

私が中国で上空から爆弾を落とした時に地上で死んだ兵士たち、そしてその家族に対して申し訳ないという気持ちに駆られたが、この夜は爆撃されてもいないのに私の家族が爆弾で吹き飛ばされるような感覚になり、精に「元山行きをお断りしたいと伝えよう」という気持ちが言葉になって飛び出しそうだった。しかし、そんなことを許す妻でないことはわかっていた。酒を飲めば飲むほど精の純粋な信念を傷つけるような言葉を吐きそうになったが、そうしているうちに、精が眠ってくれたので惨めな姿を晒さずにすんだ。

佐藤君の特攻志願の誘いは断ったものの、今回の辞令ばかりは仕方がない。

数日後、もはやここまでと潔くサバサバした気分で寒空を飛ぶ練習生たちの飛行を折りたたみ式の椅子に座って眺めていた。最も冷え込む時期というのにこの日は風もなく、午後の太陽はガダルカナルで照りつけていたものと同じだった。気持ちの整理がついた私は頭痛も治まり、左手の握力も少し回復したように感じていた。胸も痛くはない。そこにいつも私を気遣ってくれている河本飛行長がゆっくりと近づいてきた。お別れを言いにきてくれたんだなと座ったまま笑顔で迎えた。

「原田、元山行きの命令が来たらしいな。体はどうだ？　もう飛べるのか？」

「はい、敵に突っ込むくらいはどうってことありません」

「そうか、ただしなぁ、元山の2月は相当に寒いから貴様の身体には堪えるぞ。恐らくあっちに行っても調子を悪くするだけだろう。折角行ってもお荷物になってもいけないから温かくなるまで延期してやろうと思う」

　私は耳を疑った。河本飛行長はこちらを向いてはいなかった。ただ空を見上げて
「女の子が生まれたそうじゃないか。よかったなぁ。大事に育てなさい」と言い残して兵舎の方に行ってしまった。

　それからすぐに河本飛行長は自ら愛機を操縦して横須賀の鎮守府に飛んでいき、私の転勤命令を延期させてしまった。私は嬉しかった。後輩たちや家族との時間が幾らか増えたのだ。私はさらに毎日を噛み締めて生きるようになった。この時ばかりは私は精を疑った。ことあるごとに「お前が河本さんにお願いをしたのかい？」と尋ねたが「私は知りませんよ。胸の悪いあなたが、あちらでは足手まといになると仰ったのでしたら私たちへの情けからではなく、ここにいて役に立つことのほうが大事と河本さんはお考えになっただけのことでしょう」と、もっともらしく答えていた。

もしこの時、河本さんがこのような判断をしていなければ元山から神風特攻隊として散っていたに違いない。そして、精も子供も私の後を追っただろう。私はまたしても人に命を助けられた。そして今年100歳を迎えるが、70年たった今でも10年前に死んだ精が、この時、河本さんにお願いにいったのではないかと疑っている。とっくに死んだ妻を疑うというのも変な話だが、あの時、私の転勤を延期してくれた河本さんの突然且つ迅速な行動からしても、その直後の霞ヶ浦での精のはつらつとした生活ぶりにおいても、恐らくそうしたやり取りがあったのではないだろうかと仏壇に手を合わせる度に思ってしまうのだ。勿論、戦後もそのことを問い詰めたことがあるが「馬鹿なことをいつまでも気にしてないで。生き残る宿命だったんですよ」と、はぐらかされた。

その後、元山への移動命令はなく茨城県の石岡にあった滑空専門学校に転勤となり、予科練の人たちにグライダーを教えることになった。この頃には台湾までもが敵の手に陥ち、戦艦での上陸は困難という極めて末期的な状況だった。そこで日本軍は大型グライダーに陸軍の兵を乗せて夜間もしくは黎明時にひそかに着陸して戦闘をおこなう作戦を遂行することになった。勿論グライダーは行きっ放しとなるので、その搭乗員も陸軍と一緒に戦うという無謀な作戦であった。さらに私が赴任した時にはまだその大型グライダーは完成しておらず、とにかく飛行機に比べて技術習得に時間のかからないグライダーを操縦できるようにと、民間の学校に

100名ほどの予科練生を詰め込んだわけだ。しかし、民間の先生が若い軍人たちに遠慮してしまい、反対に15～6歳の軍人の方が元気が溢れ過ぎて教育が上手くいかない。そこで私が海軍から教官として赴き、それをどうにか上手く指導せよ、ということになったようだ。ここに来ていた予科練生の殆どが血気盛んで少し技術を習得すると「早く出撃させてくれ」と言ってくる。なかには練習後に私の部屋まで押し掛けてきて、自分はいつになったら行けるのかと聞いてくる人が何人もいた。15～6歳の生徒たちが死を恐れずに「出せ、出せ」と迫ってくることに恐ろしさを感じた。

この世に生を受けて物心がついた頃から「勝った、また勝った」と次々に勢力を広げ進出を続けていた日本。しかし昭和17年のミッドウェーで大敗北をきたしてからというもの軍隊は勢いを失い、それまでに築いたものはガタガタに崩れ、いまや風前の灯火のような状況にある。それをこの少年たちは一身に背負い、効果は僅かでもよいから国や将来の日本人の為に命を捨てることを当然と思っているのだ。まだやっと世の中がわかりかけたばかりじゃないか、まだやっていないことがたくさんあるだろう。自分がひとつの兵器となるにはまだまだ早いじゃないか。上手くいくかどうか可能性の低い作戦で何も死ぬことはないじゃないか。

石岡にいる間、私はずっとそういう気持ちだった。私も子供の頃に飛行機に憧れ、軍人に憧れ、国の為に命を投げ出す覚悟を若いうちにしていたが、そもそも「必ず勝つ」ということが大前提だった。その信念に支えられて厳しく長時間の鍛錬を重ね、全力をもって戦いをする準備もできた。ところが目の前にいる10歳ほど下の若者たちは少しの光も見えず充分な飛行機も技術もなく、「ただひとりでも多くの敵と刺し違えれば本望なのだ」という実に不憫な状況にその身を置かれている。私は意地悪な先生、腑抜けな先生と幾ら思われようと「お前はまだ早い」「お前はもう少し飛べるようになってからだ」と石岡にいる間中ひとりも予科練生を出撃させなかった。国と予科練生たちとの板挟みとなり、両方から攻められることにほとほと嫌気が差し、やけくそになって精に胸のうちを話すと「あなたは正しい。若い人を死なせて国に利益はありません。上の人に尻尾を振るような人だったら私はここにいたくはありません」と言ってくれた。

石岡で訓練を始めて二ヶ月も過ぎた頃には東京が米軍の大型爆撃機B29によって空襲されており、銚子沖に米機動部隊が進出して石岡は艦上攻撃機による空襲を受けるようになった。その為に石岡での訓練続行は中止となり、昭和20年3月には北海道の千歳航空隊に配属された。

この頃はすでに日本の主要都市や軍事施設はB29によって度重なる空襲を受け、いよいよ庶民にも敗戦の色が見えるほどになっていた。

精は「日本がこんなことになるとは」としきりに不安をこぼしていた。私たちが少し客観的な立ち位置でこの状況を捉えていられたのは、ふたりの故郷が長野の農村だったので、身内たちがいるそこには空襲の心配がそれほどなかったからかもしれない。当時は国内外の日本の被害は報道において少しでも小さく伝えるようにされていたこともあり、北海道で実際の状況を把握することは困難だった。この時には私が所属していた空母機動部隊は勿論のこと、連合艦隊も僅かに生き残った艦艇を残すのみで、遂には行動する燃料もなく軍港に係留されていたらしい。

後に知ったのだが、この頃すでに主要都市はB29の絨毯爆撃でもはや焦土と化していた。私の千歳での任務はこのB29を撃墜する為に開発されたロケット戦闘機、秋水の搭乗員育成だった。B29という大型爆撃機は1万メートルという高高度を飛ぶ為に零戦では撃墜が困難である。何故なら高度5000メートルを超えると酸素マスクを装着しなければならない。上空に行くほどに酸素濃度が薄まり1万メートルでは零戦のエンジンはガタガタと、まったく言うことを聞かなくなる。車やオートバイで2000メートルを超える山を登ると出力が低下するのと同様である。私は零戦で騙し騙し高度1万600メートルまで上がったことがあるが、エンジンは止まる寸前だった。私が霞ヶ浦にいた頃、複座の零戦で酸素を積んで1万メートル以上に上がり急降下してB29を叩くという案も出たが、複座の零戦ではB29に追い着くことすら難しい。こうした背景のもとで襲来する高高度の爆撃機を迎撃する為に開発が進められたのが、二液混合によるロケット戦闘機、秋水である。当時、同盟を結んでいたドイツから日本軍の潜水艦で、ジェット戦闘機メッサーシュミットMe262の設計資料と共にロケット機Me163コメットの資料が運ばれようとしていた。日本とドイツは技術交流を盛んに行っていたが、独ソ戦によってシベリア鉄道ルートが断たれ、英米との開戦によって水上のルートも困難となった。そこでインド洋の潜水艦ルートが使用されていたが、この2機の設計資料を運ぶ日本軍の潜水艦《イ号》はシンガポール出航後に撃沈されてしまった。

ところがひとりの海軍技術中佐がイ号から零式輸送機に乗り換えて一部分の設計資料を持っていた為に、不足ながらも開発に着手できたということである。

ずんぐりむっくりで鳩の様な形をした、全長6メートルほどのこの小さなロケット機は、それまでの飛行機というものからは、かけ離れた印象の機体だった。この秋水という名前は陸軍、海軍の機体命名規則には沿わず、岡野勝敏海軍少尉の短歌「秋水三尺露を払う」に由来する。この短歌に出てくる「秋水」は日本刀の名前である。このロケット戦闘機の行動時間は2トンもの燃料を積みながら5分30秒と極端に短いものだった。ただし高度1万メートルまで3分で上昇できるので空襲に来たB29の上まで上がり、そこから急降下して一撃を浴びせ、そのまま地上までは滑空してソリで着陸するという使い方なので、行動時間は計算上5分で充分だったようだ。私はこれに乗る搭乗員たちの養成を担当した。

最初のうちは零戦が訓練に使用された。大学を出たばかりの学徒の訓練生たちに急降下を特訓するのだが、飛行経験の少ない訓練生に垂直に近い角度で急降下を教えるのは至難の業で大変危険を伴うため、あまり気が進まなかった。上からの要求は45度から60度という角度で急降下せよというのだが、慣れていない者にとっては操縦席で立つような気持ちで急降下していても実際には35度ほどにしかなっていない。真下に落ちるような、座席から浮き上がるような態勢になって初めて45度以上の角度が出せるのだ。車で相当恐ろしい角度の下り坂を降りているつもりでも実はそれほどの角度ではないのと同様である。この訓練は非常に危険を伴って、求めている角度を目指してひっくり返る様な感覚で急降下すると、操縦に不慣れなものだから引き起こしに失敗してそのまま地面に墜ちてしまう。実際に何人もの人が訓練中に地面に突き刺さって死んでしまった。私は、最前線で受けた肉体的な苦しみに匹敵するほどの精神的な苦痛に襲われた。訓練中の事故で命を落とした若者とその家族は深い悲しみに暮れたに違いない。

私は仕事が終わって家に戻っても、精や子供と戯れることが段々に減っていった。目の前で若者が生き生きと練習に励んでいたかと思うと、失敗して呆気なく死んでしまう。その度に近くの草むらに行って地面を叩いたり、部屋の中では壁や床に頭を叩きつけたりした。

そもそも訓練そのものの本意はわかっていてもあまりに単純で、その攻撃以外には何の役にも立たないことに、純真な気持ちで若者たちが取り組んでいる。私は飛行機に憧れて徐々に覚えていった技術を重ね合わせ、上手く飛べるようになった、次はこんな飛び方をしてみよう、そうして何百時間も大空を駆け巡り、喜びや興奮を伴いながら飛行機と自分が一体となっていくようなあの時代が、いかに恵まれていたかを痛感した。そしてこの時、純粋な気持ちで空に上がっては急降下だけを繰り返す訓練を見ていると、何もかもが真っ逆さまに落ちていくようなことばかりを想起させる悲しい訓練に思えたのだ。

鏡を見れば疲れ切った重病患者のように目つきがぼんやりとしていた。精は私の酒の量が幾分か増えたことを知っていて、私がよそ見をしている間に少しずつ飲んでは減らしてくれていたようだ。

この頃はまだ秋水は完成しておらず、開発者たちは相当に苦労していたらしい。そのうちに、訓練で使用していた千歳航空隊の僅かな零戦も、特攻に使用すると言って全部持っていかれてしまった。私はここまで追い込まれているのかと悔しさと腹立たしさで暴れ出してしまうところだった。

それから私たちは九三式中間練習機という古い飛行機を使い訓練をしたが、それも持っていかれてしまい、白菊という機上作業練習機まで使うようになった。燃料も乏しく、松の根っこから取った松根油などが燃料に混ぜられるようになりますますもってまともな訓練ができない状況になった。この燃料は出力も出ない上に混合気に不具合を生じさせる。私の場合も一度試験飛行中にエンジンが不安定になり、どうにか不時着したほどだ。学徒たちには普通に飛行することも無理であると判断し、危険を感じたら直ちに訓練を中止するよう全員に促した。

困難な急降下に果敢に取り組み、やっと上達した者たちの中には、「日本は何をしているんだ、俺たちはこんなことをしていて役に立てるのか。もう駄目だな」という空気が漂い、ちょっとしたことで喧嘩やいがみ合いが起きた。戦場から遠く離れた北海道でもそこまでおかしな状況なのだから、最前線の軍人たちや焼け野原の民間の人々にとっては、より悲惨な状態の中で敗戦の雰囲気が充満していたのではないかと思う。

一億玉砕という意識が広まっていて、人間爆弾と呼ばれた桜花や人間魚雷の回天まで使用して、進出の勢いを増す米軍を少しでも押し戻そうとしていた。

秋水は結局試験飛行で事故を起こし実用化が遅れていた。事故を起こした原因は燃料タンクの構造の不具合から燃料を少ししか入れずに飛び立った為に、突如エンジンが停止してしまい不時着、大破してしまったらしい。この時に専属で試験飛行をしていた犬塚豊彦大尉は死んでしまった。

これは後に知った話だが、この秋水も最終的には物資も乏しく生産工場も壊滅的な状態にある中、特攻兵器として3000機以上も作ろうとしていたそうだ。今それを考えると、どうかしていたとしか言いようがない。秋水、桜花、回天どれもが大きな爆弾を人間が操縦して体当たりし、敵に最小の装備で大きな損害をもたらすために作られたものだ。こういうものを製造して2000人以上もの若者を死なせた日本人は当時の諸外国の人の目にどう映っていたのだろう。近年においては２００１年の９１１にあったニューヨークのワールドトレードセンターへの旅客機を使った同時多発テロ事件をはじめ、様々な場所で軍人や軍の施設破壊を攻撃目標としない無差別な自爆テロがおこなわれている。それによってたくさんの人の命が失われている。私は当時の大西瀧治郎中将が悩み抜いた末に実行に移したこの攻撃が、もしかすると現在のそういった非人道的な行為に繋がっているようにも思えてならない。

終戦間際、私の随分後輩にあたる当時予科練にいた岡野允俊さんは、伏龍兵として訓練を受けていたそうだ。この伏龍というのは潜水服を着て、海中で敵の上陸舟艇を待ち伏せ、竹槍の先に付けた爆弾を船底に突き上げるという無茶苦茶な作戦である。岡野さんから聞いた話では訓練中にたくさんの人が潜水病になったり、発狂したり、潜水服の水漏れによって溺死したそうだ。

昭和20年7月には日本中に敗戦という空気があった。千歳航空隊ではまともに飛ぶ飛行機もない。学徒たちはやる気を失って意気消沈、塞ぎ込む者やいらつきを爆発させて騒ぎ立てる者も出てくる始末で、私もさすがに気力が出ず、傍観するような日が続いた。

精は私が特攻に行かざるを得ない状況を察知していたようで、私が元気なく部屋に戻ると「まだ命令はありませんか？」と毎日のように尋ねてきた。精は日本が降伏することはないと信じていて「日本が負けるわけがない」と、この時期になっても言っていた。

私は朝から夕方まで北海道の夏の微風を感じながら数人の学徒と話をして過ごすことが多くなった。心の中ではここでこんなことをしている場合ではないのでは、と常に感じながら学徒の中でも比較的大人しい性格の人たちが私を慕ってくれていたので、その人たちと色んな話をして気を紛らわしていた。彼らは、その状況においても腐ったりはせず「教官、その時はどうしたんですか？」「空戦の話を聞かせてください」と次々に尋ねてくるので私が考え込んだり落ち込んだり、戦友や教え子の死を考えるような時間を減らすことができた。

学徒にも教養豊かな人がいたのでそれぞれに自分の勉強したことや得意なことを話してくれた。たまにちょっとしたことでいさかいを起こすような人たちもいたが7月の半ばを過ぎた頃には、その元気すら失せていた。千歳にもある程度、戦況や被害状況は伝わってきたが、幾ら小さく伝わってきても、このままでは日本人は根絶やしにされてしまうのではないだろうか、アメリカとソ連に国を分断されてしまったら、勝つ負けるという事態を通り越えて日本民族の未来すら見えてこない、そんな感じがした。

一億玉砕という言葉が現実味を帯びたのは8月6日、広島に原爆を落とされた時である。当時、私には原爆の知識はなかったものの「新型爆弾」と聞いており、強烈な破壊力を持つその爆弾の被爆地には永久に草木が生えることはないといわれていた。そんなものをあちこちに落とされたら、日本は焼け野原どころか人の住めない国になってしまう。

9日には長崎にも落とされた。何万人もの人が一発の爆弾で殺傷され、その場所が人の住めないような所になるようでは、それまでにしてきた戦闘も作戦も犠牲も意味を失う。これまで一体自分たちは何をしてきたのだろうか、あの駆逐艦の地獄は何だったのだろうか、内地に戻る氷川丸の上で餓死した人たちは、火だるまになって墜ちていった人たちは、長沢君や特攻をした命の恩人の佐藤君、2000人を超える特攻隊の人たち、この新型爆弾が落ちる前に戦争で亡くなった人たちが、この脅威を知ったらどれほど嘆き苦しむだろうか。それを思うと気が狂いそうだった。

8月14日には司令部から明日天皇陛下の重大放送があるのでそれを聞くようにと言われた。8月15日天皇の詔勅はラジオの感度が悪くピーピーガーガーと雑音が混じって何を仰っているのかわからなかった。時々聞こえてくるお言葉も私には理解できなかった。詔勅の放送が終わると司令部から「日本は全面降伏をした。これからどうなるかわからないが、ここも占領軍に支配されるから飛行機とか賠償の役に立ちそうな物はすべて格納庫へ納めておくように」と指示が出た。

千歳航空隊にはすでにろくな物はなく、調子の悪い九三式中間練習機の赤とんぼと白菊数機、落下傘や兵器、航空時計なども一ヶ所に集めて並べていった。暗くなってからもそうした作業を続け、学徒の人たちも黙々と作業をした。私はこの日までにこうした瞬間が来ることをある程度予想はできたが、自分が生きてこの時間を味わうことはないものと高を括っていた。

この日の感情をはっきりと覚えているが上手く言葉に置き換えることができない。流れ落ちる涙を止める手立てはなかった。作業中に教え子たちから色々声をかけられたが、その子たちの顔をまともに見ることができなかった。その日は基地から出ないようにと言われ、空いている兵舎をあてがわれた。すべてのことがどうでもよかった。横になって眠ろうとしてもまったく眠れず翌朝を迎えた。あくる日も皆、うな垂れて交わす言葉も少なく、基地の内部の整頓をゆるゆるとしていた。放心状態という言葉が最も適切かもしれない。自分たちが何をしてきたのか、たくさん死んだ仲間たちや空襲で焼かれた一般の人たちの死は何だったのか、わけがわからなくなってしまった。寝不足もあってか、ぼんやりと作業だけが進み、その日は終わってしまった。

あくる日、隊の中で噂話が流れ被害妄想から話がどんどん大きくなっていった。

「アメリカの進駐軍が来たら将兵は皆、去勢されて南方で労働させられる。それが連合国のやり方だ」

私は捕虜になることは最も恥ずべきことと教えられ、それを信じて生きてきたので、その話には恐怖を感じた。特に零戦や航空機に関係した人間は大戦当初に連合軍に対し相当な被害を与えているから扱いはもっとひどいに違いない。

それまで秩序を保っていた隊の中は急に騒然としてきた。私たちは証拠を消す為に軍の機密書類を隈なく集め、どんどん燃やしていった。民間の人たちも戦争中には「兵隊さん、兵隊さん」と持て囃してくれたが終戦を境に掌を返したように冷たくなり、近所に住む人たちの中には私たち軍人を蔑んだ目で見る人も出てきた。

零戦搭乗員と友だちであることを誇りに思っていた一般の知人は、私が千歳に赴任した時から私が外出する度、一緒に酒を飲むことを喜んでいたのに態度をころりと変え、顔を合わせても知らん顔をされた。

格納庫に並べた軍事物資は、民間の人たちが雪崩れ込んできて、殆どが略奪されてしまった。日本人に裏切られたような気持ちになり、体中から力が抜けてしまった。

そんな中、別の噂が持ち上がった。長崎に原爆が落とされた8月9日、いよいよ日本が負けると確信したソ連が連合国側に加担して、のらりくらりと引き延ばしにしていた日本との不可侵条約を破って突然満州に攻め入った。ソ連としてはアメリカ一国が日本を占領してしまうことを危惧しつつ、日本の北半分の占領権を得るための参入であったと思われる。

千歳航空隊内では、ソ連の落下傘部隊が北海道に降下し占領しにくると騒ぎが広がった。「ソ連軍が満州で残虐非道の限りを尽くしている」という情報が我々のもとにも入っており、「アメリカが去勢をするなどということよりももっとひどいことをされるだろうから覚悟しなければならない」という話がどんどん膨らんでいった。

この時、私の血が一気に沸騰した。「それならソ連軍を道連れに自爆しよう。ソ連が来たら俺はひとりでも戦うが、俺と一緒にゲリラ戦をやろうという奴はいないか?」と声をかけたところ15人ほどが一緒に行くと言うので、残っていた食料と弾薬をトラックに積んで山に入る準備をした。

時を同じくしてB29の迎撃に活躍をしていた厚木の三〇二航空隊では玉音放送には耳を傾けず米軍に対しての徹底抗戦を続ける動きがあった。私が佐伯航空隊時代にお世話になった小園安名司令の徹底抗戦の決断は三〇二航空隊を基盤とし全国の航空隊に伝令が飛んだ。小園大佐率いる厚木航空隊は事実、8月15日にも米軍機を迎撃していた。この小園安名という方は中国戦線やラバウルでも大戦果を挙げた闘志の塊のような人物でありながら、部下を非常に大切にする人柄で人望も厚かったので、大勢の若者を中心とした飛行機乗りたちは徹底抗戦に対し、強い意志を固めていたらしい。

私たちの千歳航空隊にも、厚木から零戦に乗って若い予備士官が飛んできた。「厚木では徹底抗戦の覚悟をしている。この隊も一緒に戦おうではないか」と言って意気消沈した私たちを煽り立てたが、司令の和田大佐が冷静に対応した。「この男を野放しにしておくと危ないから今飛んできた零戦のプロペラを外してしまえ」と我々に命じ、和田司令自らその血気盛んな予備士官を士官室に連れていって説得し、徹底抗戦を諦めさせた。

明治より日本という国には降伏の文字はないのだと荒れ狂う予備士官に対し「どういう命令であるにせよ、それに従うのが軍人だ。詔勅に反抗するなど以ての外」と押さえつけたそうだ。私は自分がまだ飛行機を覚えたての頃から小園さんを知っているからといって味方をするつもりはない。ただ、小園さんの情けの深さを学ばせて頂いたので「すべてを失っても勝利するまで戦うべし」という小園さんの胸中には多大なる共感を覚えた。

そうこうしているうちにマラリアの熱に苦しんでいた小園さんは囚われの身となってしまい、徹底抗戦の火蓋が切って落とされることはなかった。もっとも和田大佐がそれを快く受け入れたところで私たちの所には満足に戦える飛行機はおろか燃料までもが底をついていた。

その晩、久しぶりに家に帰ることを許された私は精にゲリラ戦を決意したことは告げず、私が戦犯になり捕えられると、お前と子供たちに被害が及ぶ、だからここで別れて長野に戻ってほしいと願い入れた。当然精は、それは本懐に反するとなかなか納得してくれなかった。仕方なく、ソ連の落下傘部隊とのゲリラ戦のことを話すと、しばらくあれやこれやと考えた挙げ句、子供たちを連れて長野に帰ることを許諾した。この日からの帰路の様子を精が綴ったものがあったのでここに記す。

遺稿「終戦の想ひ出」原田精

昭和二十年八月十五日、北海道の千歳も又特別に暑かった。正午には生まれて初めて聞く天皇陛下の玉音放送とのことに不吉な予感を抱きながら聞き入る。

ラジオから流れる玉音放送の意味がどうしてもわからず、半信半疑で庭に飛び出すと、前の伊藤さんの奥さんも我が家の庭にかけより、やがてふたりで抱き合って炎天下に唯々涙するばかり。ふたりとも何の言葉にもならず、やがて冷静に敗戦と受け止めることができた。

伊藤さんは鎌倉の実家に帰るべく、すぐ準備をして明日中に帰郷するとのこと。「夫は商船学校出の士官だから、敗戦になっても困ることはないと思う」と語り私の心を知る由もなく、翌日は官舎を離れていった。

玉音放送の後、夫はなかなか帰宅せず、ひょっとしたら？と恐ろしい幻想に迫られる毎日だったが、やっと姿を見せた。その憔悴した姿、虚ろな眼は、何事かを決意させたかのような異様ささえ感じ、開口一番「すぐ長野に帰るよう、ここは危ないから…」。

でも私には、男尊女卑甚だしい封建的な故郷に帰っても、どうしても子供を育てる自信がなく、この官舎に残ろうと思っていた。結婚話の時から未亡人になることを心配していた両親の心もわからず、ひたすらお国の為に犠牲になることも、人としての生き様ではなかろうかと簡単に考えたことも幼稚であった。

しかし、結婚以来初めて見る夫の涙、訴える再三の言葉にとうとう私も、やはり夫の最後の願いを叶えさせようと意を決した。庭に集めた書類、写真、幼少の頃からのアルバムに迄火を点け、そして、いつか平和になった時是非見てもらおうと形見になるかも知れない夫の髪の毛と爪を大切に荷物の底に納めて、千歳を離れることとした。

幸い東京に引き揚げる田中さんの奥さんと一緒になり、心強く函館へと幼少ふたり分の一週間分の食糧と衣類、それに野宿するかも知れないと幼児用の蚊帳を三歳の長男、寛樹に持たせて、函館に降りた。

すると、長蛇の列で、どこが最後の人かと、大きな荷物をぶら下げてやっと席をとり、一段落はしたものの、昨日からこうして入港する船を待っているとのこと。茫然と並んではみたものの、食券は持っていても食堂は閉じていて、又、食糧はない状態でふたりの幼児を考えると、やはり函館に海軍の武官府があるから、どうしても困ったら訪れるようにと夫から名刺を渡されていたのを思い出し、荷物をお願いして田中さんとふたりで訪れてみて驚いた。武官府の受付に、女学生時代の知り合いの鎌田さんが立っていて、夢ではないかとお互いに目をみはるばかり。

やっと夢心地からかえって現状をお話しし懇願すると、奥に入りすぐ若い凛々しい司令が来られ、しばらく躊躇した後おもむろに「あと一時間すると横須賀に引き揚げる最後の掃海艇があるから、どうぞ！」と言ってくれた。我々女性を司令の考えで許可してくれたのである。田中さんと急いで、お願いしておいた荷物をリヤカーを借りて函館の街の中を遅れてはなるまいと必死で武官府に運び、間もなく親子三人、荒れる海上に出た。田中さんも別の船で横須賀に帰ることができたようです。

初めての女性客に、至れり尽くせりの手厚い御馳走に我を忘れて、何も知らないカモメの群が津軽海峡を思う存分乱舞する姿に見入っていると、一歳の千代子に続いて寛樹が酔いの為、ぐったり死んだようになってしまった。皆来て看護してくれたが、とうとう母親の私も自分を見失ってしまっていた。横須賀港迄は無理と判断して大湊に戻り、我々三人を海辺の旅館に運んでくれ、お礼を云う暇もなくお別れしてしまった。二日くらい静養したでしょうか。宿でも心からよく面倒を見てくれた。

いよいよ、三人で長野に帰るのだ、ここはもう内地だから、いつか帰れる筈だと元気も上々で、先ず野辺地で乗り換えねばと宿ともお別れしてスムーズに野辺地に降り立つことができた。寛樹は相変わらず自分の使命とばかりに、小さなリュックと蚊帳と水筒をきちんと肌身離さず持っていた。この下車した田舎の駅にどこから乗ってくるのか、全部満席でとうとう夕方近くとなった。寛樹は、疲れたのか、荷物を布団がわりに寝てしまっていた。そっとハエよけに蚊帳をかけて、寝顔を見ていると、一眠りした頃、駅長さんが寄ってきて、今度入る列車に急いで乗ってくださいと誘導してくださった。一体どの様なことかと嬉しさと不思議さと気持ちも定かでない時、列車は停車し、郵便車の中に急いで押し込むように入れてくださった。薄暗い列車の中は、郵便物を枕にゆっくりと情けの暖かさを感じながら青森迄辿り着くことができた。でも、そこには次の難関が待っていた。復員する方たちは皆セメン樽（中央が膨らみ上下がすぼんだ形のセメント樽）の様にあらゆる物を身体に巻き付けている人たちばかり。やっとほっとして時計を見てびっくりする。入学祝いに高価と云われて喜んで頂いた腕時計がなくなっていた。（精はここまでを書き残し途中で筆を止めたようだ）

精と今生の別れの水盃を交わし、私の飛行記録を含む証拠となるような書類をはじめ手紙や精の女学校時代の写真まで、すべてを燃やし、私の髪と爪を渡して最後の契りを交わした。あくる朝、ふたりの子供の手をとって引き揚げる精を見えなくなるまで見送った。

私たちはゲリラ戦を準備し、ソ連軍を待ち構えたが数日後、北海道に来たのは米軍の進駐軍だった。8月30日に厚木に降りた連合国軍最高司令官ダグラス・マッカーサーの指揮する進駐軍は穏健であり、噂されていたような拷問や監禁、及び処罰はおこなわれなかった。日本の国体は護持され、軍人は現階級のまま復員せよという命令が出た。結局ソ連とのゲリラ戦はなくなり、私たちは大人しく郷里を目指すことになった。

和田司令から今まで使っていた毛布を一枚ずつ持って帰るように言われたので、私はそれまで使っていた一枚の毛布を仕方なく片手に掛けて船で大湊まで行った。大湊は隊列を失った大量の軍人で溢れ返っていた。

そこで日本海周りで帰京する部隊を三つに分けて先輩の小林大尉と橋本中尉と私がその分隊の指揮官を命じられ、貨物列車にそれぞれわかれて乗り込んだ。私の分隊は70人ほどいたが、列車に乗り込む前から不平不満で爆発寸前の人も多数いたので、とても荷が重かった。そんな人たちが狭い車両に押し込められるように乗り込んだから、ちょっとしたことが起爆剤となって手がつけられないほどに荒れ出した。仲間が気に入らないとか上官の悪口を言い合っては食い違い、それが基になって喧嘩が始まり、遂には敗戦によって掌を返した一般の人たちについても文句を言いだす始末で、車両内は騒然となった。

どこにもぶつけようがない悔しさを少しでも軽くしようと、お互いの痛い所に付き刺し合っているかのようで、窓の外に目をやるしかなかった。私がここで軍隊方式に階級にものを言わせて押さえつけようなどとすれば、それに反発した者たちに殺されかねない空気だった。指揮官という立場にある以上何もしないわけにはいかず、いがみ合う人の中に入っては「そう言うな。負けたんだからしょうがないよ」と静かになだめてみるが、まったくそんなことには誰も耳を傾けようとしない。そうこうしているうちに小突き合いを止めるどころか、普段は仲良くしていた者同士までもがそれに便乗して拳を振り上げ、怪我をする者が何人も出てしまうような状態になってきた。

これは困った、どうすればこいつらを抑えることができるかと思案を巡らせていたら、遠くの窓際の席でひとりおとなしく窓の外を見ている油井君の姿が目に飛び込んできた。彼は私と同じ長野生まれで、音楽学校を出ていたので休憩時間に何度か上手な歌を聞かせてくれたことがあった。私は彼を近くに呼んで「おい、油井君、歌を歌ってみてくれないか?」と言った。流石にびっくりしたのか「こんな喧しい所で歌うんかい?」と困った表情を見せたので「こんな所だからこそ歌ってくれ」と強く言うと少し考えた末に「ならいいですけど、何を歌えばいいんですか?軍歌ですか?」と不貞腐れている。「何でもいいよ。懐かしい子供の頃の歌を頼むよ」

油井君は渋々ながら美しい声で荒城の月や赤とんぼなどを歌い出した。すると最初は騒いでいた兵隊たちも段々静かになり、油井君の綺麗な歌声に耳を傾け始めた。やがて車内ではひとり、ふたりと子供の頃に習った歌の合唱が始まり、それが何曲目かには綺麗な大合唱になって、先ほどまでいがみ合って鼻血を出していた人も笑顔になり、肩を組むほど和んでいた。

私は、苦しい時も悲しい時も、気持ちを少しでも楽にしてくれたり希望を持たせてくれるのは音楽なんだなぁと、その時につくづく実感した。ついこの間まで酒を飲んでの軍歌の大合唱は何度も体験し、それは実に勇ましく、時にはやけくそ的な元気だったが、この時の車内に響いたのはそれとはまったく違う、喜びが溢れるような歌声だった。こうして何とか難儀は収まったが、胸を撫でおろす間もなく、私も含めた部隊全員に大きな憂鬱が襲った。

列車が駅に着いては少しずつ兵隊たちと別れるのだが、ホームにいる一般の人たちが降り立った兵隊たちに浴びせる冷たい視線は尋常ではなかった。中にはひどい言葉で罵る人もあった。それに腹を立てて一般の人に食ってかかる兵隊もいて、それが余計に惨めだった。兵隊を蔑む人たちの中には、戦争によって身内が亡くなった人もいただろう、戦時中に軍人に冷たくされたり虐げられた人もいただろう。もともと軍人や戦争が大嫌いで、非国民扱いを受けた人もいただろう。そういう人たちの、敗戦による軍人への怒りは私にも想像ができた。

私は子供の頃から、吉田松陰先生の遺訓である「負けるな、嘘をつくな、弱い者をいじめるな」という言葉を大変重んじており、決して一般の人に対して失礼なことがないように日頃から心掛けてきたが、軍人の中には一般の人たちに対し、「自分は軍人だ、偉いんだぞ、俺が正しいんだ」という横着な態度を取ってきた人がたくさんいた。だからそういう軍人に縁があって、悔しい思いをした人たちから見れば「いい気味だ。何が軍人だ！　自分たちの無能さを思い知れ！」という気持ちになるのは当然のことなのだ。

敗残兵となったことで誇りを失った兵隊たちは帰ってからの生活のことを心配してか、毛布一枚を持って帰れと言われたのに倉庫に残っていた物を少しでも持ち帰ろうと、体中に色々な物をくっ付けて、中にはポケットに生米まで詰め込んでいる者までいて、みすぼらしい風采の者が大勢いた。

この頃は全国的に食糧も乏しく、都市では米はおろか何も食べる物がなく、芋の蔓や葉を食べているような話も流れていたので心配になるのもわかるが、負けた上にそんな惨めな格好で帰ってきた兵隊を地元の人たちが白い目で見るのは無理もないことだった。

人間は落ちぶれた時に周りから攻められるのは今も何ら変わらない。しかし、落ちぶれた時にこそ落ち着いてそれを受け止めて、自分なりの信念を貫くということが大事なのではないかと私は考える。

この時、中尉となっていた私は指揮官を任されたこともあり、誇りは幾分残っていた。与えられた毛布はどうにも格好がつかないので大湊で捨てて何も持たず、正装用の海軍服をきっちりと着た。せめて、故郷の人たちに何を言われようとも黙って耐え忍び、ただ勝利できなかったことをお詫びしようと覚悟していた。

皆が降りていくのを見送るのが辛かったが、彼らには何ひとつ助言できず、奥歯を噛み締めていた。

やがて信越本線は私の降りる吉田駅（現、北長野駅）に停まった。いやだなと思いながら恐る恐るホームに降り立ち周りを見ると、ひとりの男性が私と目を合わせて近づいてきた。

何を言われるのかと身構えた。

私と一緒に降りた兵隊も心配そうにしていた。

私が近づいてきた男の人に目を合わせて心の中で、すまなかったと詫びを入れると「兵隊さん、御苦労さん」と微笑んで声をかけてくれた。この時は、嬉しさと安堵のあまり目を閉じてしまった。私はゆっくりと心を込めて「ありがとうございます」とだけその方に申し上げた。私の周りを囲んだ数人の人たちも口々に労ってくれた。

「御苦労さん」

「よく頑張ったなぁ」

「大変だったなぁ」

しかし、私の不安はすべて取り去ることができず、駅を出てから家まで歩く道をできるだけ人目を避けるようにして歩いた。前から来た近所の顔見知りの方が「やぁ！　原田さんじゃないか、帰ってきたのか、よかった、よかった」と、声をかけてくれた。私はこの時、郷里のありがたさをつくづく味わった。千歳からあれだけ冷たい目で見られいやな思いをし、不安に襲われていたが、故郷ではとても温かく迎えてくれた。

それまでの駅のホームで、一般の方々から蔑んだ目で見られ、中傷を受けていた彼らと私の違いは、気を引き締めて身なりをきちんとしているかどうかだけだった。この時、内面だけではなく外見においても、誇りは捨てたり、失ってはいけないのだなと実感した。

私が家に着くと両親と精はとても驚き、大きく目を見開いた。復員となったことを報告できる状況ではなかったので、もう帰らないものと思っていた私を、幻か幽霊と思ったようだ。

両親は北海道から先に帰した精に、私がソ連軍とゲリラ戦をすると言って別れたことを聞かされていたので完全に諦めていたそうだ。突然現れた私を見て言葉がすぐには出なかったらしい。実家の周りでも戦争によって兵隊となった息子を失った親がたくさんいたようだから、大げさに喜ぶことはなかった。私が家に上がり、手と口を洗って仏壇に手を合わせてから「ただいま」と告げると父と母は並んで座り「よく帰ってきたね」と涙を流して喜んでくれた。

精は、涙は見せず、生きてまた会えたことを喜んで、長野に戻ってからも行者さんの教え通り、1厘の望みを信じて毎日朝晩3回の長い呪文を唱えていたことを、得意気に報告してくれた。

米軍の占領下において、日本や私の身がこれからどうなっていくのかがまったくわからず大きな不安はあったものの、変わることのないふる里の匂いに包まれて、精と祝言を挙げた我が家に戻ることができたことが嬉しかった。

私は海軍服のままの恰好で縁側で横になり優しい秋の夕暮れと、風を感じながら眠ってしまった。

1時間ほど眠っただろうか、目を覚ますと軽い夏布団が掛けられていた。この時はまったく夢を見なかった。その頃の私は毎晩どころか、転寝をしても悪夢にうなされることが頻繁にあったが、この時は余程、列車内から心身ともに疲れ切っていたのであろう。目を覚ますと懐かしい夕飯時の匂いが家中に広がっていた。

精がお茶を運んでくれて「お風呂が沸いていますよ」と言った。私は縁側から庭に降り、子供の頃から腰掛け慣れた庭石に向かった。幼い頃に大股で7歩だったが、今は普通に歩いても7歩だった。昔より随分小さく見えるその石に腰掛けて煙草に火を点けた。深呼吸をするように紫煙を吸い込み、目を閉じたその時、火だるまになって墜ちていく長沢機が見えた。ゆっくり目を開けると、戦争に行く前と何も変わらない我が家が見えた。目の前に真っすぐ立ちのぼる紫煙は、海に墜ちていく仲間たちのようだった。ゆっくりお茶を味わい、また目を閉じると頭に染み込んでくる虫たちの声は音楽のようだった。

それからしばらくの間、悲しみとも喜びとも安堵感から流れたとも判断ができない涙が、とうとうと零れた。

気付くと精が縁側に座り、じっと私を見ていた。私は涙を拭うこともせず精を見つめ返した。やがて虫の音楽が遠ざかり、辺りは静寂に包まれた。

私たちは無言で語り合った。

私の涙が乾き、立ち上がると、精はこっくりと頷いて台所の方に戻っていった。私は星空を仰いでから部屋に戻り、幾分痺れの残る左手を握りしめてみた。拳を握れはするが、やはり力は入らなかった。右手をじっくりと見てみた。ジャングルで剥がれた爪はすべて元通りに生え揃っている。拳を握ると指が折れるほどに力が入る。力を込めれば込めるほど、たくさんの命を奪ってしまったという後悔が煮えたぎった。

鏡が目に入ったので自分を映してみようと思ったが、惨たらしい記憶の渦に呑み込まれそうな気配を感じたので鏡を避け、ゆっくり、丁寧に軍服を脱いだ。

16歳で軍隊に入ってから一生を国に捧げるつもりで生きてきた。それはこれからも変わりはしない。この制服を着ることによって12年の間、毎日自ずとその志の確認をしてきたが、今後これに袖を通すことは二度とないのかもしれない。複雑な気持ちで、なんだか自分の皮を剥がすような感覚が伴った。

風呂は丁度良い湯加減で身体が喜び過ぎてしまい意識が薄れ、生まれて初めて湯船の中で眠ってしまった。どれだけ疲労困憊していても、お湯の中で寝てしまうことは、それまで一度もなかった。僅かな時間だったのだろうがこの時全身が味わった心地よさは、初めて空に上がった時と同じくらいこの上ない記憶となった。

目を覚ました時には、まだ幾分不具合の残る左手を精が洗っていた。精は風呂場があまりに静かなので、背中を流しがてら様子を見にきたら、湯船でぐったり目を閉じて動かないので、家に戻った安堵感から気が抜けてしまい、そのままあの世に召されてしまったのではと一瞬慌てたそうだ。

私は湯船から上がり、背中を流してもらった。その間中、何故かふたりとも一言も声を発しなかった。風呂から上がり浴衣を着て、もう一度庭で一服してから食卓についた。肉、魚、野菜、白米、見慣れた梅干し、決して豪華とはいえないがその時分の最大限だろうと思わせる賑やかな皿が並んでいる。

今まで寝ていたのか、精の横に座る長男の寛樹と、やっと言葉が出るようになった長女千代子がふらふらしながら目の前の私を見つめていた。ふたりはそれぞれに「お父さん、お帰りなさい」と言ってくれた。千代子はまだちゃんと言えず皆が笑ったが、私には充分伝わったので、おいでをすると、よちよち歩きで近づいて、千歳でいつもしていたようにあぐらをかいている私の太腿にチョコンと座った。

精が「千代子、お父さんはご飯だから、こっちにおいで」と呼んだが「そのままでいいよ」と箸を進めた。まるで夢を見ているようだった。両親と妻とふたりの子供と一緒に酒を飲んでご飯を食べるなんてことは、それまで想像もしなかった光景だった。こんな幸せなことがあるのだろうか？　家族というものは本当にありがたい。酒の酔いも手伝ったのかもしれないが、この数年間に体験したすべてが「あれは夢だったのではないだろうか？」と思ってしまうほど穏やかに過ごすことができた。

両親と精は戦争の話をひとつも出さなかった。私がついつい何かを思い出しそうになると「もう終わったんですからよしましょう」と言って子供の話などに切り替えてくれた。両親は私がいない間の精のことをやたらと誉めるので、精は照れくさそうに私を見つめていた。

子供たちは少し食べるとまた眠くなったらしく、精に連れられて寝床に行った。眠ってしまった千代子を抱っこして父が精に付き添っていったので、私は母親とふたりきりになった。私は母がゆっくりと美味しそうに食べている姿をじっと見た。子供の頃から、どうしてこの人はこんなに美味しそうに物を食べるのかなと思っていた。母の姿はその頃からは老けてはいたが食べ方は昔のままだった。封建的な家の中で辛抱強く毎日の畑仕事と家事をすべてこなし、私と弟と妹、3人の育児をして笑顔で暮らす母の姿は何とも逞しく、私を生んでくれたことにあらためて感謝が溢れた。

「お母さん、ありがとう」と私がつい口を滑らせると母は、野菜を頬張りながら「そんなことはいいから温かいうちに早く食べなさい」と子供に言うように答えたので笑ってしまい、戦場で私がもう駄目だと思う度に現れては助けてくれた話をするには至らず、箸を進めた。そしてもっと時がたってからゆっくり母とその話をしようと思った。

その時「ただいま」と弟の懐かしい声が聞こえた。弟は満州に出兵していて、私よりも先に復員しここに戻っていた。その日は地元の友だちと会っていたようで、外で食事を済ませ、いくらか酒を飲んでいたようだ。帰ってはこないものと完全に諦めていた私の元気そうな顔を見て、飛び上がって喜んでくれた。満州から大変な苦労をして内地に辿り着いた話を聞かせてくれた。母親と私と弟、3人で久しぶりの対面を心から楽しんだ。私もほどよく酒に酔い、その夜はぐっすりと眠ることができた。吉田駅に降りてから眠るまでの半日ほどの時間は、時計の針がとても緩やかに進んでいった。生き残って、生まれた家に戻り、久しぶりに家族と過ごし、私が青春のすべてを注ぎ込んだ軍人という鎧を脱いだ時だったからかもしれない。

あくる朝、子供たちに起こされて家族全員で朝食をとり、縁側で庭の木や垣根越しに見えるお向かいの家を眺めて、戦争や軍隊というものから遠い存在になったことをぼんやりと考えていた。父が村長さんの所に挨拶に行かないかと言うので身支度をして家を出た。浅川村の村長さんは、日露戦争の時に私の伯父と一緒に出征して苦しい戦闘を何とか生き抜いて二百三高地から命からがら内地に戻ったという方だった。苦労した兵隊だっただけに戦争に行った者の気持ちをよくわかっていたようで、私の顔を見るとすぐに「いやぁ海軍さんは大変でしたね。まぁしばらくはゆっくりふる里で休みなさい」と優しく迎え入れてくれた。数人の村の人たちもとても温かく私を受け入れてくれた。私は村長さんと村の人たちに「これから浅川村で皆さんのお役に少しでも立てるよう努めて参りますので、今後ともお願い致します」と言って村長さんの家を出ると、そのまま山の方に足を向けた。

この戦争が始まる直前にも「行ってきます」と参拝をした諏訪神社に向かう道中、ふと自分のしてきたことは何だったのかと自分に尋ねていた。家から100メートルくらい先の小高い山の上にあるこのお社は、長野で最も古い建造物とされており、祭神は大国主命の子のタケミナカタノカミという軍神である。タケミナカタノカミにまつわる伝承は色々とあるが、その中のひとつに、戦いを挑んできたタケミカヅチノカミと戦い、腕を潰されて戦闘不能となり、この諏訪に逃れてきたという話がある。この土地の人々はタケミナカタノカミを敬い、大切にお世話をしたそうだ。やがてこの土地でその生涯を終え、死後祭神として祀られたという。

私の家は代々ここの氏子なので、子供の頃から何かにつけてお参りにきていた。幼い頃に近所の腕白坊主たちとここに来て、「ああしてくれ。こうしてくれ」と身勝手なお願いをすることもあった。そんなお願いをしたある日、私が社の前で友だちとふざけていたら、足を踏み外して20メートルほど山の斜面を転がり落ちて大怪我をしたことがある。その時は、神様のバチが当たったのだと信じ込み、それ以来この神様はとても厳しいから、お祈りをする時も決して我儘な望みなどはするまいと決めた。

軍人になる時も「私はお国の為にこの体も命も捧げて、戦争になればもうここに来ることはできないかもしれませんが、これまで見守って頂いたことに感謝致します。それでは行ってきます」と拝んで、海軍での勤務に就いた。それから何度か長野に帰ることもあったが、その度に「無事に帰ってきました」「また戦争に行ってきます」とだけ報告をしていた。

まさか戦争が日本の敗戦という形で終わり、こうして生き残った私が「帰りました」と報告できるとは夢にも思わなかった。

祭神のタケミナカタノカミにまつわる言い伝えは神話の時代においては珍しく、人の情けや優しさに溢れたものだったので、私はこの神様のことが大好きだった。皮肉なことに私もガダルカナルの空戦で左腕を損傷し、最前線を飛ぶ零戦搭乗員としての命は絶たれたものの、内地勤務を仰せ付かり、先輩たちの度重なる恩恵から生きたまま終戦を迎え、こうしてここに戻ってくることができた。そして、この村の人たちは温かく私を迎え入れてくれた。それから私は旅行で留守をしない限り、毎日この社と隣の山の上にある先祖の墓をお参りし続けた。

軍服を脱いでから数日の間、私の村にも進駐軍のジープがひっきりなしに現れて、目の前を通り過ぎることが何度もあった。私はジープを見かける度に、遂に戦犯として捕えられるのではないかとビクビクして暮らしていた。

やがてＧＨＱ（連合国軍最高司令官総司令部）からの私に対する処分が記載された書類が届いた。幸いにして戦犯として捕えられて厳しい処罰を受けたり、身柄を拘束されることはなかったが、私に下された処分は、２日以上家を空ける時は、目的地とその目的を報告すること、そして戦歴をすべて和文と英文で書いて提出することが要求された。

この他にも公職追放といって、元軍人は公職に就けないばかりか民間においても要職に就くことができなくなった。多くの人が元軍人を起用することを嫌い、特に殺人ロボットとさえいわれた零戦搭乗員の私には、どこにも働く先は見つからなかった。

このような扱いに、負けたのだから仕方のないことだと自分に言い聞かせ、悔しさを押し殺した人もたくさんいたことだろう。生命を懸けて国を護ってきた者たちを、日本は護ることができなかった。

あまりにひどいではないかとやけくそになった者たちの中には、グレてしまう者が現れ、彼らは食う為に、生きる為に、仲間を作って暴れることもあったようだ。

私には戦争で犯した殺人という罪の意識が大きく心に圧しかかっていたので、この理不尽な処分に対しては、犯した罪への償いであるのだと自分に言い聞かせ、黙って受け止めるよう努めたが、この時ばかりは日本というこの国を恨んだことも事実である。

こうして子供の頃に夢見た飛行機乗りとしての時間が終わった。

あとがき

私は長野生まれということもあり故郷が空襲にあうこともなく、家族は健康に戦中を生き抜いてくれた。

だが空爆を受けた都市出身の軍人たちの中には、家は焼失し家族全員が爆撃で吹き飛ばされてしまった方たちも大勢いたと聞く。

尊敬していた先輩方の中には戦犯として罪人とされた人もいた。負けるということがこういうことなのだとわかってはいたが、この戦争で命を失った軍人、少年兵、爆撃で吹き飛んだ人たち、焼夷弾で焼かれた人たち、原爆で蒸発したり地獄を体験した人たち、その人たちのことを思うと悔やんでも悔やみ切れない。

自分の手を見ると、この手で敵を殺してしまったのかと、どうしようもない気持ちになる。二度と戦争が起きてくれないことを毎日祈り続けている。

戦後、退役軍人の私は職に就けず、実家の農業の収入だけではとても家族全員が食べていける状況ではなかった。農家を手伝いながら子牛を1頭連れて散歩する毎日が続いた。この子牛は私が戦争で家を空けている間に父が近所の方から貰ってくれと言われて仕方なく庭に小屋を作って飼っていたのだが、家族はこういう家畜が好きではない性質だったので、誰もちゃんと世話をしていなかった。私も嫌々ではあったが、そいつを見ていると、どこにも受け入れてもらえない自分の境遇と重なり、散歩に連れ出しては草を食べさせたりしていた。すぐに牛もこちらに何かを感じてくれたのか愛犬のように意志の疎通ができるくらいの仲になった。その赤い子牛は日ごとに立派に成長していった。牛の世話に慣れた私は生活を守る為に、なけなしのお金で乳牛を数頭買って酪農を始めた。戦後、牛乳は重要なタンパク源だったのでよく売れた。ところがやっと軌道に乗ってきたところで牛が病気に罹り、次々に死んでしまい駄目になった。この時、最初からいた赤い牛は、ものすごく大きく立派に成長しており、たくさんの人から「この牛を売ってくれ」とせがまれたが「こいつは商売の為じゃなくて家族のような気持で育ててきたから駄目なんだよ」とお断りをしていた。子牛の頃に不憫だと思い、その牛に家畜以上の扱いをしてきたこともあり、私の気配を感じると静かに鳴いて私を呼んでくれた。私が何か話をすると、まるでその話を理解しているかのように時々頷いたり首を振ったりしていた。私が「行こうか」と言って歩き出すだけで横に並んで歩くほど仲が良かった。

ところが生まれて間もない二男が囲炉裏に落ちて大火傷をしてしまった。この時のアメリカ製薬品を使う医療費がとんでもなく高額で、我が家ではそれを捻出することができず、その為に泣く泣くその赤い牛を手放すこととなった。

次男は今年70歳になり、ここ数年癌と戦いながらではあるが、私が始めた幼稚園の後を継いで、「ひかり幼稚園」園長を元気に務めている。あの時、赤い牛が助けてくれたからこそ、大きな火傷の傷跡はあるものの五体満足で健やかに生きることができたのである。

私は連れられていく赤い牛が、いつまでも私の方を振り返っていたのが昨日のことのように感じる。

戦後、お坊さんからこんな話を聞いたことがある。恩というものは必ずしも徳を積んだ人に直接返ってくるものではない。ただし恩というものは消えることがなく、周りの人やその人にとって大切な人に必ず返されるという。それはオクリといって漢字では「恩送り」と書くそうだ。その話を聞いた時に赤い牛と過ごした時間を思い出し、つくづくこの世界は美しいものだなと感じた。

その後、八百屋、牛乳販売店、本屋、りんごの買い付けなど様々な仕事に手を出し、精と懸命になって働いたがどれも上手くはいかなかった。必死になって仕事を始めて、どうにかそれが軌道に乗り始めると事故を起こしたり不運なことが重なって、私の力不足から我が家の暮らしは一向によくならなかった。

そうして戦後20年を迎えた昭和40年、地元の初代自治会長に推薦されてしまった。そのような器ではないと再三お断りしたのだが是非にとのお薦めでやむを得ず引き受けた。そのことが縁となり、子供が増えてきた昭和42年に託児所「北部愛児園」を開設し、共働きの父母の子供たちを預かり始めた。正直私は、戦争中に人を殺してきた人間には相応しい仕事ではないと感じていたので、精にそのことを告げたが「人を殺したことを反省して、これからは人を育てる使命に生きましょう」と背中を押され、それならばと私はこの仕事に力を入れて、開設から5年で学校法人として認可を受け「浅川学園ひかり幼稚園」となり、児童教育のお手伝いをした。

特に隠す必要はなかったが、私は零戦で戦ったことを誰にも話さなかったので戦争の想い出は精と私だけのものになっており、わが子にすら話すことはなく時は流れていった。

毎日仏壇に手を合わせ、戦死した戦友と私が撃ち墜とした敵を慰霊して暮らしていたが、恐ろしい戦闘の夢にうなされて何度も夜中に叫んで飛び起き、精はその度に手ぬぐいで汗を拭いて背中をさすってくれた。それは精が亡くなるまで続き、いよいよ私が死を迎えようとする現在ですら悪夢は私から離れない。

1991年に起こった湾岸戦争が私の戦争に対する沈黙を破った。毎日放映されていた湾岸戦争の空爆のニュースを見て、若い人たちが「花火のようだ」「ゲームみたいだ」と言っていた。私と一緒に戦った軍人が「おぉ、派手にやってるなぁ」とも言った。私は地獄絵図のような戦場を体験していたので、その画面の中でどれだけの人が命を失い、生まれる前の赤ん坊までもが犠牲になっている惨状が目に浮かんだ。

この時すでに戦後46年が過ぎ、私は75歳になっていたが、私たちのような戦争経験者が戦争の実態を伝えなければならないという使命感にかられた。自分がそういう人間であるとは人々に知らせずに幼稚園の園長を長年に渡ってやってきたが、私が戦時中に殺人ロボットと呼ばれた元零戦搭乗員であることが父兄にも知られる以上、幼稚園を辞めなければならないと考えた。

とにかく後ろめたい気持ちが強まり、私がその悩みを友人に話したら、大先輩が千葉で大きな保育園をやっているから、その人の所に行って話を聞いてみろと勧められたので、昭和7年に中国に小隊長として出撃しアメリカ人の操縦する戦闘機を日本人で初めて撃墜したという生田乃木次さんのもとを訪ねた。

この方は、山本五十六長官の下で真珠湾攻撃の実質的な立案をしたと言われている源田実さんと同期の方で、海軍時代に「海軍には魅力がない」と言って退職願を出し、東郷平八郎元帥がこの生田さんを自宅に呼びつけて直々に「お前は将来、日本海軍航空を背負って立つ人間じゃあないか。退役するとは何事だ」とお叱りを受けた。ところが生田さんは「どなたに言われても私はもう海軍に魅力はありません」とその引き留めを振り切り芸者さんと結婚した。

その奥さんと魚屋をやって、どんどんお金が貯まってしまったので、使い道を奥さんに相談したところ「自分は田舎の貧しい家に生まれた為に芸者に売られた女です。そんなことが少しでもなくなるように、貧しい子供たちを集めて面倒をみることにしましょう」と言ったので、貯まったお金をつぎ込んで千葉の船橋で小さい保育園を作ったそうだ。すると評判がよくなりどんどん子供が増えて、昭和60年頃には保育園が4つになってしまった。生田さん夫妻には子供がなかったので、そこで育てた人を二代目の園長にして、生田さんは毎日4つの園を回っていた。私が訪ねた時には奥さんはすでに亡くなっていたが、生田さんがその遺影を指差して「見てみろ、あの頃海軍大臣が認めてくれなかった女が勲四等宝冠章を貰ったよ」と嬉しそうに言っていた。

園長を辞めようかという私に対し「お国の為に軍人としての責任を果たしたのだからいつまでも自分を卑下してはいけない。過ぎたことをクヨクヨするな。むしろ再び戦争をさせないように、子供たちが大きくなって『戦争はいけない』『平和が大事』と思えるように教育することが戦争で辛い思いをした君だからこそできるのではないか。そうすることが償いではないか」と諭された。

そして「俺は92歳で、現役で、毎日こうやって保育園を回っている。お前はまだ80代だというのに辞めるとは何事だ！」と喝を入れてくれた。

その励ましに支えられ、私は97歳まで毎日、98歳で体調を崩してからは週に3回園を訪れることができた。子供たちと遊んでいるとその間だけはとても爽やかな気持ちで、昔のいやな思い出を忘れてしまう。

子供は心が真っ白だから素直に何でも吸収し何色にも染まってしまう。それだけにとても重要で責任の重い仕事であると思う。

私はよく子供たちに「もったいない」ということを教えるようにしてきた。鉛筆一本でも、まだ使える物、役目が残っている物を粗末にしてはいけないよ。そのような話から自分の身体と命を大事にしなさい、自分が大切なのだから相手も同じように大切で、お友達も動物も虫も皆それぞれの役目があるのだから、決して粗末にしてはいけないと教えると、大きな声で返事をしてくれる。子供たちが大きくなった時に平和の尊さに気付いて頂ければと思う。

最後に私がこの100年近くを生きてきて一番嬉しいと感じた時のことをお話しよう。

それは戦闘機同士の一騎打ちで、私が撃墜したと確認した相手ふたりが生きていて、そのふたりと会い、握手をしたことだ。

1991年にアメリカ、テキサス州のミッドランドで催された日米開戦50周年記念式典に出席した際に、日米の歴戦の勇士が集まった。

そこで私が「ガダルカナルで真正面から撃ち合い、お互いに墜落したのだが、幸いなことに私の零戦は炎上せず九死に一生を得た」という話をすると「それは僕だよ」と大きな男が名乗り出た。そして詳しく聞いてくるその眼は真剣だった。自分が殺したと思った相手が目の前に立っている。これほど嬉しいことはなかった。彼のグラマンは私が撃ち続けた銃弾を浴びながらも運よく真下にあったヘンダーソン飛行場に着陸することができたそうだ。その時、機体には250以上も穴が開いていたというから彼の武運には計り知れないものがある。私がその戦闘で左腕を負傷し戦線から退いた後も彼は日本軍機と戦い続け、米海兵隊で2位の26機を撃墜し、太平洋戦争終結後は朝鮮戦争にも空軍大佐として従軍、その後出身地のサウスダコタ州の知事を務めたほどの人物だった。名前はジョー・フォス、2003年に87歳で永眠した。

私がセイロン島コロンボ空襲において深追いし、危うく空母に帰還できなくなりそうになった時に英軍のフルマーで田んぼに墜落した搭乗員が存命しているということをイギリス人のジャーナリストから聞いた。私はその人に是非会いたいと思った。そのジャーナリストの尽力で2001年に「再会」することができた。この時に同じようにフルマーで不時着し、生存していた方はふたりいた。

そのふたりと会って当時のことを話したところ、片方の方は不時着の際に翼が折れたと言ったので、そちらの方ではないことが確定した。私がフルマーを撃墜した後に、空母に帰還することを諦め、田んぼに不時着したフルマーに激突し自爆をしようとしたが、その時すでに搭乗員の姿はなかったので、他の自決場所を探した。その時、私が確認したフルマーには両翼がしっかり付いていた。

私が撃墜したにも関わらず、九死に一生を得た方の名前はジョン・サイクス。彼は私が生きていることを知ってこう言ったそうだ。

「私が田んぼの中に突っ込んだら彼はそれ以上撃たずに引き上げていった。どんな人なのか是非会ってみたい」

ところが戦友たちの間では反日感情が消えず「日本人は人殺しを喜んでする奴らだ。特にゼロファイター・パイロットは人殺しロボットなんだ。あんな奴らと会うなんてとんでもない」と言われたそうだ。それでも彼は反対を押し切り私に会いたいと手紙を送ってくれた。それなら会いにきてくれと私が連絡したところ、サイクス氏は心臓病で車椅子生活だから動けないという返事だったので、私の方から精と共にイギリスを訪ねることになった。

サイクス家の門をくぐり部屋に通されると、そこにはとても優しい目をした、かつての「敵」がいた。そして「ようこそ」と車椅子の手すりに渾身の力を入れて立ち上がり右手を出して握手を求めてきた。私は彼の手を固く握ると涙が止めどなく溢れ、彼の目もまた涙で潤んでいた。とどめをささなくてよかった。それだけだった。私たちは心の底から再会を喜び、世界平和と不戦の思いを共有することができた。

このふたりとの握手こそが、私の人生における最大の喜びである。

少し前にジョン・サイクス氏もこの世を去った。ひとり残された私も、様々な偶然が重なり、なんとかここまで命を繋いできたが、精のもとへ旅立つ時がそろそろ来たようだ。私の願いはひとつ。歴史を正しく伝え遺すことに目を向けて頂きたい。

原田要氏を偲んで

名古屋活動写真　森　零

私は多くの人がそうであるように、人との出会いを宝物と感じている。原田要氏と出会う前の私の最大の宝物は、23歳の頃に映画監督のマキノ正博氏と話ができたことだった。ほんの僅かな時間だったが、私がいまだに、世界最高の作品と信じてやまない映画『血煙！高田の馬場』の撮影にまつわる面白い話を、当時85歳くらいだったご本人の口から聞けたことだった。凄まじい立ち回りをする撮影の前夜に、銀座で阪東妻三郎と打ち合わせをしたという内容の話を生き生きとするマキノ氏の笑顔が30年以上たった今でも目に焼き付いている。

その後も私は素晴らしい出会いに恵まれ、その度にその出会いが分岐点となった。

現在の生活も、映画製作を中心とする様々な活動も、すべて人との出会いから生まれたものである。

２０１１年に『名古屋空襲を語る』という名古屋空襲体験者70名によるインタビュー映画を製作した。半年以上に及ぶＢ29の爆撃と飢餓を生き抜いた少年少女たちの記録映画である。その映画を作る際に、開戦から日本が本土空襲を受けるに至るまでの経緯を、最前線で戦い、すべてを見た方に語って頂く必要があった。私は原田要氏に導かれるように長野に向かった。

初めて取材に訪れた私に対して、当時95歳だった原田氏は6時間以上にわたって身振り手振りを交え、真珠湾攻撃から終戦までの話をしてくれた。この時の出会いこそが最大の宝となり、私の最後の分岐点となった。

私はこの方のすべてを記録しなければと確信し『名古屋空襲を語る』が完成した後も度々原田氏に会いにいった。97歳までは1回の取材に3時間以上話をして頂いた。戦争の体験以外にも、大正時代から現在までの１００年の記憶は壮絶なものだった。

『元零戦搭乗員　原田要の一世紀　命の軌跡』というドキュメンタリー映画を、5年間の取材収録を基に完成させたが、私は映画を作り後世に遺すという目的を掲げてはいるものの、原田氏に会ってお顔を見るだけで充分に幸せを感じていた。私の生まれる50年前から激動の時代を、全身全霊で生き抜いてこられた方がこうして目の前で元気に相手をしてくれていることが嬉しかった。

私の投げかける少々意地悪な問いに対しても予想を超えた素晴らしい答えが返ってきた。紛れもない「奇跡」が目の前にあった。

原田氏の清らかさに何度も自分が恥ずかしくなった。

97歳の時に、長野県須坂市で講演会をされるというのでカメラを持って会場に行った。2時間の講演の間、一度も座って休むこともなく、一口の水を飲むこともせず、話し続ける原田氏の姿には仰天した。講演直後に洗面所に向かったところで貧血を起こして意識を失った原田氏を支えることができた時は、このために講演に駆けつけたのだと思った。

救急車に娘の千代子さんと同行した際はただ「死なないでくれ」と祈った。集中治療室に着いて30分くらいたった頃だろうか、原田氏は意識を取り戻し、97歳とは思えぬ握力で私の手の甲をつかんで、目を大きく開けた。

私が見返すと「森さんの映画ができるまでは死ねないね」そう言っていつもの笑顔が戻った。どんどん体は回復したが、その日以降は会いにいっても一日に1時間お話を聞くのが限界となってしまった。しかしその1時間を楽しみに名古屋から片道5時間をかけて何度も会いにいった。癌を患っていた私の妻や、子供たちをどうしても原田氏に会わせておきたいと思い、家族で会いにいったこともあった。妻はその翌年に他界したが、「原田さんの生命力を目の当たりにして生き延びる力を頂いた」と言っていた。

私はいつも、原田氏に会わせておきたいと思えるスタッフを編成し、原田氏のもとを訪れていた。その誰もが原田氏と会えたことを喜んでくれた。毎回のように同行している助手に至っては、原田氏の悠然たる人柄に接することで多くを学び、それを生きる糧にしてくれているようだ。

2015年にドキュメンタリー映画『元零戦搭乗員　原田要の一世紀　命の軌跡』が完成した。まずは原田氏に観て頂こうと、それを持っていった時には、どんな駄目出しや修正点が出ても助言通りに対応する覚悟で観て頂いた。原田氏は、ほとんど瞬きをすることもなく、98歳とは思えぬ集中力で鑑賞し、「どうでしたか？」と、ご意見を伺うと「これが言いたかったんだよ。ありがとう、思った以上のでき栄えです。修正する箇所はありませんよ」と喜んでくれた。

私は、このドキュメンタリー映画は完成したけれど「原田さん、これからです。このドキュメンタリーを基に、語りではなく、原田さんの見たものを視覚化した映画を作るから、まだまだ生きていてくれなくちゃ困ります。その映画を作るには、あと数年かかるから長寿ギネスの117歳を目指してください」とお願いをした。するとニコニコしながら海軍式の敬礼をしてくれた。

それからも何度か顔を見にいったが、段々に原田氏の体は小さくなっていった。

99歳の誕生日をお祝いした時は、あと1年で100年ですねと、2016年の8月11日の誕生日がくるのを楽しみにしていた。

2016年3月末にお邪魔した際には床を離れることができず、映像を撮ることは控え、音声のみを記録した。この時には、もしかすると100歳の誕生日を迎えることは難しいかもしれないと思った。状況はまるで違うが、昨年私の妻が息を引き取る時とそっくりな空気を感じてしまったからである。もしかしたら「もう会えないのかも」そう思って、私は原田氏に尋ねた。

「私はこれから何をすればよいのでしょうか？」

すると原田氏は力を振り絞って言った。

「森さん、歴史を正しく伝えてください」

私は原田氏と両手で長い握手をして別れた。それが最後となった。

5月3日、100歳を目前にして奥様や戦友のもとへ旅立ってしまった。会う度に「私も早く連れてってほしいんですよ」と言うので「まだお役目があるのだから、そう簡単には逝けませんよ」と返すと、仰った。

「そうだね。でも、いまだに敵の飛行機に追いかけられる夢を見るんだよ。それが辛くてね」。

それでも私はどうしても生きていてほしかった。かつては人殺しロボットと呼ばれた日本の零戦乗りが、生死を彷徨った末に、これほどまでに強くて清らかな人間として生きていることを世界中の人に見てほしかった。

好評既刊の紹介

この目録は2018年8月のものです。
価格表示は税抜きです。
これ以降、変更される場合がありますのでご了承ください。

著者＝原 直正
龍蛇神 諏訪大明神の中世的展開
貧富転変の龍蛇神「宇賀神」、御柱を倒壊から守る「八龍神」
中世の諏訪大明神の変化神を、照らし出す。（解説・山本ひろこ）
ISBN 978-4-931388-71-0
四六判 二、〇〇〇円 二五六頁
発売＝人間社

著者＝菊池清麿
ツルレコード 昭和流行歌物語
名古屋で設立され、昭和二年に日本初の電気吹込みレコードを発売した「アサヒ蓄音器商会」（ツルレコード）。
歴史と、関係人物たちに光を当てたノンフィクション。
ISBN 978-4-931388-85-7
四六判 二、〇〇〇円 二七六頁
発売＝人間社

著者＝長屋和哉・福井篤・浅野達彦
ナヘルの鐘
永遠の冬に暮らす少女ナヘルと猫の、
静かなそして満ち足りた日だまりのような悲しみの物語。
文と絵と音楽が織りなす世界。（音楽CD付）
ISBN 978-4-931388-79-6
A5判 二、〇〇〇円 一一二頁
発売＝人間社

著者＝石川博章
藤井達吉研究資料集成 しこくささきぬ
近代工芸に大きな足跡を残しながらも、未解明の部分が多い
藤井達吉の実像に迫る一冊。晩年に親交のあった歌集の編者に宛て、
感情を吐露した手紙群は読むに趣深い。
ISBN 978-4-908627-09-5
四六判 一、八〇〇円 二八〇頁
発売＝人間社

著者＝片岡了一
竹内文書 超古代神世の解明
日月神示の新しい銀河霊界と大霊界の解明
これまで謎に包まれていた超太古の時代と神々について、著者が体得したことと、
研究者・酒井由夫氏の著作から学んだことをもとに集大成。
ISBN 978-4-931388-63-5
四六判 一、八〇〇円 二一〇頁
発売＝人間社

編集＝垣見洋樹
海部俊樹回想録 自我作古（われをもっていにしえとなす）
巧みな弁舌と清新なキャラクターで総理大臣に上り詰めた海部俊樹。
元首相が、その波乱の半生を振り返った中日新聞の好評連載に
書き下ろしコラムを加えた。
ISBN 978-4-931388-95-6
B6判 一、四〇〇円 二三二頁
発売＝人間社

著者＝平田 稔
85歳まで現役で働ける海外エンジニア生活
五十八歳で退職。八十五歳までアジアや中東で働いた著者の生活、仕事術。技術指導の要点、関係機関とのつき合い方、問題対処法など。
ISBN 978-4-931388-75-8
四六判 一、〇〇〇円 一六〇頁
発売＝人間社

著者＝飯田道夫
歴史の眠る里 わが山科
日本の歴史の中で「山科」が担った役割は大きい――。天智天皇や大友皇子、
蓮如、一揆の衆、はたまた外国の使者たちの足跡を辿り、歴史家たちが見過ごし
てきた事実を掘り起こす。
ISBN 978-4-931388-86-4
四六判 一、四〇〇円 二六四頁
発売＝人間社

著者＝平居 謙
「エルマーの冒険」に学ぶ観光
長年人気を誇る児童書『エルマー』シリーズは、研究に関しては未開拓であった。
「愛と勇気の物語」「正義の少年」といった平面的なエルマー観を超えた「芸術観
光学」の冒険が、今はじまる。
ISBN 978-4-931388-77-2
四六判 一、六〇〇円 三四四頁
発売＝人間社

著者＝飯田道夫
猿まわしの系図
賤民の雑芸といわれてきた猿まわしとは、芸能か、神事か、または――。
歴史の陰に隠れた系図を辿る。（解説・中沢新一）
ISBN 978-4-931388-58-1
四六判 一、四〇〇円 二四七頁
発売＝人間社

著者＝関口威人
ぼくたちは何を失おうとしているのか
――ホンネの生物多様性
生物多様性って何？ 東海地方の職人、農家、林業家、学者を訪ね、
考えた人間と環境問題の深み。（解説・武田邦彦）
ISBN 978-4-931388-61-1
四六判 一、四〇〇円 二〇八頁
発売＝人間社

編者＝全国大学生活協同組合連合会東海ブロック教職員委員会
いまだから伝えたい戦時下のこと
――大学教員の戦争体験記――
総勢三十一人の元大学教授たちが、
ほんとうの平和を願って語り始めた……。
ISBN 978-4-931388-68-0
四六判 一、六〇〇円 三四八頁
発売＝人間社

著者＝志水雅明

戦場のファンタスティックシンフォニー

人道作家・瀬田栄之助の半生

生誕百年を迎えた作家・瀬田栄之助を朗読劇で再現した意欲作。
瀬田文学の再評価とともに、
従来あまり知られていなかった外国人捕虜収容所との関わり、
学徒として戦死し『きけわだつみの声』でも知られる
実弟・万之助との交遊も紹介。

ISBN 978-4-908627-26-2
四六判 一、六〇〇円 二〇四頁
発売＝人間社

著者＝野中克哉

根っこは何処へゆく

「尺八とスケボーから問い直す 近代化と現代」

「尺八×スケートボード」この全く異なる文化の「根っこ」を見つめ直すと
意外な共通点と問題点が浮かび上がり、
それは現代社会が抱える問題とも複雑に絡み合っていた。
果して私たちの根っこは何処へゆくのか。

ISBN 978-4-908627-13-2
四六判 一、二〇〇円 二七二頁
発売＝人間社

著者＝黒野 こうき

南無の紀行――播隆上人覚書

槍ヶ岳を開いた「山の播隆」、念仏講の「里の播隆」。庶民とともに生きた念仏
行者・播隆さんの足跡を追った三〇年の成果を一冊に。

ISBN 978-4-908627-30-9
A5判 一、四〇〇円 三三八頁
発売＝人間社

著者＝石垣和義

岐阜県のカキ

―生活樹としての屋敷柿とかかわった暮らしの歴史―

品種、特性、歴史から栽培方法、加工法、料理法、民話、民間療法まで、
カキにまつわるすべてがここに！

ISBN 978-4-908627-04-0
四六判 一、八〇〇円 四五六頁
発売＝人間社

著者＝吉田 竹也

人間・異文化・現代社会の探究

――人類文化学ケースブック

大学の初年度相当の講義で使用することを念頭に編まれた、人文学の基礎力
を付けるために最適の入門書。

ISBN 978-4-908627-29-3
A5判 一、〇〇〇円 一七六頁
発売＝人間社

著者＝山田宗睦

日本の古層①

天白紀行 増補改訂版

柳田國男が「唯此の神の古きことのみは疑いなし」と記した、
謎の天白神。過去の新聞連載に著者自身が
大幅な補筆修正を加えて書籍化。

ISBN 978-4-908627-00-2
A6判 八〇〇円 二八八頁
発売＝人間社

編者＝古部族研究会

日本の古層②

日本原初考

古代諏訪とミシャグジ祭政体の研究

諏訪を掘りおこし、日本の地下水脈に至る。名著の復刊。

ISBN 978-4-908627-15-6
A6判 八〇〇円 三三二頁
発売＝人間社

編者＝古部族研究会

日本の古層③

日本原初考

古諏訪の祭祀と氏族

三部作の復刊第二弾。天白信仰についての論稿も掲載。

ISBN 978-4-908627-16-3
A6判 八〇〇円 三六四頁
発売＝人間社

編者＝古部族研究会

日本の古層④

日本原初考

諏訪信仰の発生と展開

三部作の最終巻。謎の千鹿頭神についての研究も収録。

ISBN 978-4-908627-17-0
A6判 九〇〇円 四九六頁
発売＝人間社

著者＝水谷 勇夫

日本の古層⑤

神殺し・縄文

縄文文化と朦朧の神話世界との脈略を結索して、原日本と現日本との血流を
証明する！ 芸術家・水谷勇夫の名著復刊!!

ISBN 978-4-908627-18-7
A6判 八〇〇円 二七二頁
発売＝人間社

監修＝知多四国霊場会

遍路 知多めぐり 改訂版

二〇一二年刊の「遍路 知多めぐり ハンディ版」に加筆・修正した改訂版。
札所すべてを網羅した公式ブック。

ISBN 978-4-931388-94-9
四六判 一、〇〇〇円 一六〇頁
発売＝人間社

著者略歴

森 零（もり ぜろ）

1965年　名古屋に生まれる
1983年　名古屋市立桜台高校卒業
1985年　東京写真専門学校（現名古屋ビジュアルアーツ）卒業
　俳優業とニューヨークでのアート活動を経て
2006年　名古屋ビジュアルアーツの映像科講師に従事
　歴史文化系のドキュメンタリー映画監督を続けるなかで
2011年に原田要氏と出会う
　以後、2016年の原田氏他界まで親密な関係を続け
　現在、氏と約束した最終目標の映画製作に向けて奮闘中

零の命（ぜろのいのち）

元零戦搭乗員 原田要の一世紀

2018年8月11日　初版1刷発行

著　者　森 零

編集制作　樹林舎
〒468-0052　名古屋市天白区井口1-1504-102
TEL:052-801-3144　FAX:052-801-3148
www.jurinsha.com/

発 行 所　株式会社人間社
〒464-0850　名古屋市千種区今池1-6-13　今池スタービル2F
TEL:052-731-2121　FAX:052-731-2122
www.ningensha.com/

印刷製本　モリモト印刷株式会社

ISBN978-4-908627-35-4 C0093 ¥1600E
＊定価はカバーに表示してあります。
＊乱丁・落丁本はお取り替えいたします。